後宮一番の悪女

柚原テイル

富士見L文庫

もくじ

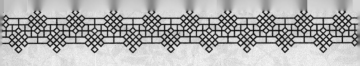

プロローグ　その妃は残酷で妖艶

その妃は、緋色《ひいろ》に彩られた唇の端を吊《つ》り上げて笑った。

三日月を思わせる形の良い曲線であるが、放たれる言葉は辛辣である。

「まあ、どうされたのですか？　お返事がありませんよ」

後宮一番の悪女と呼ばれている皇琳麗《こうりんれい》は、鈴を振るような美しい声で、可笑《おか》しそうな響きを含ませ、双眸《そうぼう》を爛々《らんらん》と見開いて尋ねた。

視線の先……後宮の外れにある霊廟《れいびょう》の床には、四夫人と呼ばれる位の高い妃《きさき》の一人である徳妃《とくひ》が、その侍女一人と共に転がっている。

「残念、もっと骨のあるお方と思っておりましたのに」

琳麗は長い睫毛《まつげ》を伏せて、拍子抜けだと言わんばかりに小首を傾《かし》げた。

その後のこと——。
琳麗はさきほどのたおやかな風情をかなぐり捨てる勢いのしかめ面で、忌々し気に、皇帝である嘉邵武《かしょうぶ》へと苦情を申し立てていた。

「もう無理です！　顔面が持ちません」

しかし、邵武は涼しい顔で取り合わないどころか、楽しそうである。

「よくやっている。後宮ではお前に名を覚えられたら寿命が縮むと、もっぱらの噂《うわさ》だ。今のところ、絶好調ではないか」

今の琳麗は、艶《あで》やかな容姿と奔放な性格で、皇帝陛下の寵愛《ちょうあい》を一身に受け、我が儘《まま》と残酷が増長した妃という位置づけである。

何をしても許される、皇帝すら操る悪女と言われている。

「諦めるとはお前らしくない、あと一息だ」

邵武の励ましの言葉は、とても嘘《うそ》くさい。

……どうしてこうなってしまったのだろう。

一章　ぼんやり顔の商家娘と化粧

曄燎国《ようりょうこく》の南、都蘭《とらん》の街に皐琳麗《こうりんれい》の生家はある。

父の皐左雲《こうさうん》は漂満天《ひょうまんてん》という店で織物《おりもの》問屋を営んでいたが、昨今では化粧品の開発や販売も行っていて、町での評判も上々である。

稼業は順調で、左雲は豪商を目指すほどの気概はないが、そつのない商売で皐家は都蘭では一番の商家である。

娘の琳麗としては、さらなる高みを目指したいと思っていたけれど、左雲に誤魔化されていた。

「お父様、いつになったら道栄《どうえい》様と連絡を取ってくださるのです？」

商館の広間で、琳麗は三段重ねの化粧箱を手に、今日こそ逃がすものかと、左雲の行く手を遮った。

薄紫色の襦裙《じゅくん》は、銀色の蔓草《つるくさ》の刺繡《ししゅう》が胸元と袖にある作りで、黒く長い髪を半分結って高い位置に挿した簪《かんざし》は宝石の小花が揺れている。

琳麗は、前髪の下から覗《のぞ》く緋色を帯びた茶色の瞳で、じっと左雲を見据えた。

少々大きな瞳の下、頬の高いところには雀斑《そばかす》があり、十人並みのぼんやり顔は小動物を思わせて、威圧感はない。

十八歳になるのに色香どころか、人畜無害な顔である。

だからであろうか、いつも商売の話をすると左雲に逃げられてしまう。

「いや、今返事を待っているところだよ。本当に、今度こそ」

琳麗と同じ黒い髪を首の後ろで束ねた父の左雲が、金茶色の目を弱々しく細めて、宥《なだ》めるような口調で琳麗に微笑《ほほえ》みかけた。

四十二歳にしては、若々しい顔立ちと、商人であるのに邪気一つない表情は皐家の特徴なのだろうか。

琳麗が口にした道栄とは、暉燎国の後宮、永寧宮《えいねいきゅう》に仕える位の高い宦官《かんがん》の名である。

左雲とは古い知り合いで、年に三回は会っている親戚のような仲であった。

永寧宮には、都蘭を含む、この地方一の豪商の姫君が入宮していて、四人しかいない上級妃の賢妃《けんひ》となっている。

雲の上の存在の彼女に、琳麗は道栄を通じて化粧品の売り込みをしたいと切望していた。

今、琳麗が手にしているのは、一つあれば大概のことができる、化粧水から白粉《おしろい》も眉墨も口紅も瞼影《アイシャドー》も全部入っている三段重ねの化粧箱で、漂満天の大人気商品である。

「お父様、あとは後宮御用達《ごようたし》になれば、さらに売り上げを伸ばすことができるのです！　豪商になるぞ！　という気概を持ってください。目指せ賢妃御用達、ゆくゆくは後宮御用達、嘩燎国一の化粧箱！」

琳麗は、何度も繰り返している目標をすらすらと詠《うた》うように放った。

商館の裏手にある荷揚げ場とつながる広場は、荷車が何台も置かれて、木箱や反物が整頓されて積まれている。

それらに左右の逃げ道を奪われ、正面を琳麗に立たれてしまった左雲は、頬を掻《か》いて言い訳のように零《こぼ》した。

「わしは、それよりも琳麗の嫁入りを心配しているのだよ。商売を手伝ってくれるのはありがたいが、根を詰めすぎずに、そろそろ……」

「あーっ、いけない！　新しい陶器の紅入れの打ち合わせが残ってた」

琳麗は職人との約束を思い出して、くるりと身を翻す。

こんなに忙しくて、楽しいのに、嫁入りのことなんて考えられなかった。

夫など琳麗のやることに口を出して邪魔なだけであるし、面倒を見る暇などない。

「旦那様、本日のお手紙です」

その時、左雲のもとへ手紙の束を持った使用人が駆け込んできた。どうやら、離れの住まいに届けたが不在で、ここまで運んできたらしい。

その時、琳麗は見慣れた筆跡に気づいた。

「道栄様から何か来まして？」

琳麗は、再びくるりと身を翻して、左雲へと詰め寄った。

書簡の中の一通の表書きが、道栄の書く文字に似ているのを、琳麗はめざとく見つけたのだ。

ぱらりと開いた長い手紙を手に、左雲がうなり始める。

琳麗からは見えないけれど、父が悩むということは、商売に協力する内容に違いないと直感が告げていた。

やがて、左雲が重い口を開く。

「…………道栄様が、来週お見えになる」

「やった！　詳しく教えてください。お手紙を読んでも？」

文字を覗き見ようとしたところで、左雲が折りたたんでしまう。

「……いや、たいした内容ではない。おまえは後宮へ行く準備をして、お迎えしてくれ」

「実演販売ができるのですか!?　ええ、それはもう喜んで。最高の品と手筈《てはず》を整えておきますね」

すっかり浮かれきった琳麗は、左雲の苦悩の表情を見落としていた。


夕方、職人との打ち合わせを終えた琳麗は自分の房間《へや》で悩んでいた。

「うーん、後宮用に化粧箱の中身に手を入れたほうがいいかしら」

琳麗の私室は、愛されて育った商家の娘である象徴のように珍しい品々が飾られている。海の向こうから来たドレスをまとう精巧な人形、絡繰りの箱、硝子《ガラス》細工のランプに、椰《や》子《し》の樹皮の衝立《ついた》てが並ぶ。

中でも目を引くのは、大きな化粧台であった。

そこへ三段重ねの化粧箱を広げて、一つひとつを愛《いと》しそうに撫《な》でながら考える。

個々の商品については、熟考し、客の反響も真摯に受けとめて改善を繰り返した。この完成された均衡を壊す気はない。

価格を抑えるために、装飾が多いのは外箱だけで、個々の化粧道具の容器はよく言えば機能性に優れ、悪く言えば簡素だ。

しかし、後宮ともなれば、容器は華やかな意匠の物と入れ替えてもいいのかもしれない。まず、興味を持って、手に取ってもらわなくてはならないから。

昔の琳麗のように……。

※　※　※

「皇家の奥様は、今日もお綺麗《きれい》ね」

琳麗は称賛を浴びる母の姿をよく憶《おぼ》えている。

彫りの深い顔立ちに艶やかな化粧を施し、常に堂々としていて、そんな母を幼い琳麗は誇りに思っていた。

けれど、十歳を過ぎる頃になると、母と一緒にいることが苦痛となった。

自分の顔が母とは大きく違うのを知ってしまったからだ。髪の色も目の色も母譲りであったけれど、顔立ちだけはなぜか似てくれなかった。

琳麗は、母に似ないぼんやり顔だったのだ。

低い鼻に、頬の上に散る雀斑。丸い瞳も愛嬌《あいきょう》があると感じるのは子供の時ぐらいで、そこそこに大きいだけで色気がない。

皆が母を美しいと讃《たた》えた後、連れている琳麗を褒めようとして、気まずそうに口ごもる姿を見たのは数えきれない。

「ええと……琳麗さんは、可愛《かわい》らしいわね」

その可愛いは、ぎこちなく、感情がこもらないざらっとした声に聞こえた。

だから、十五歳になる手前で、母が化粧を教えてくれようとした時に、反発したのだ。

「……私なんかお化粧しても、周りを困らせるだけよ」

母は困ったように眉尻を下げたけれど、それすら美しく見えた。

大好きで自慢の母だったのに、一緒に出掛けなくなったのも、その頃からである。並んで歩くことをやめた琳麗の耳には、代わりに噂話《うわさばなし》が入るようになった。

「皇家の奥様は、相変わらずお美しいわね。あら、娘さんはどうしたのかしら？」

「最近は出かけないそうよ。お母様は美人なのに娘さんはねぇ……」

その続きは、残念がるものが多く、不美人であるとか、暗い性格であるとか、勝手な憶測もあった。

まるで挨拶のように、琳麗は母の美貌と比べられ続けた。

悪気のない世間話のつもりなのだろうが、琳麗の心は抉《えぐ》られたのだ。

なぜ、人の容姿を比べるの？

何を知っているというの？

噂《うわさ》に背を向けるように、琳麗は常に俯《うつむ》くようになった。

誰も人の顔なんて見ていない、噂なんかしていないと自分に言い聞かせても、外へ出ると体が委縮してしまう。

常に引け目を感じていた。

特に、お喋《しゃべ》りな夫人や、無遠慮そうな雰囲気の男の人に会うと、固まるようになる。

そんな時、事件が起きた——母が事故で亡くなったのだ。

まだ、悲しみが残る十五歳の誕生日に、琳麗は母の遺品整理をしていた。

形見として残されたのは、大きな鏡台と、そこに置かれたありとあらゆる化粧品である。

「……お母様」

一度は、反発した品々に、琳麗は母への想《おも》いを募らせて触れてみた……。

すると、当然であるが、それらは琳麗を拒絶したりはしなかったのだ。代わりに、色とりどりの粉や紅が、美しい容器が、大小の筆が、琳麗の目を楽しませた。

「…………」

向き合う時間は、たっぷりあった。

「……もったいないから、触ってみるだけ」

放置するのも母に悪い気がして、その中の幾つかを顔へ塗ってみることにしたのだ。

すると、世界が、一気に広がっていった。

「あっ……！」

ぼんやり顔は、化粧をするには絶好な無地の画布《がふ》だと気づいた。

陰影をつけると、別人のように輝き、心までもが華やかになる。

今までは大きく切れ長の目や、細い体が美人の条件であり、それをさらに彩ることが化粧だと思い込んでいたけれど、まったく違っていた。

多少鼻が低くても、雀斑があっても、自由自在にあらゆるものを組み合わせて、化粧をまとえるのだ。

現に、あれだけ劣等感があった雀斑を隠していないのに、その上に頬紅を薄く置いただけで、健康的で太陽みたいな肌になった。

「私は、私のままで……美しくなれる」

頬を張られたような、強烈な衝撃だった。

それからの琳麗は、化粧にのめり込んでいった。

買い漁《あさ》るだけでは探求心が満たされず、ついに製作にも着手する。

化粧品の主な素材は天然の鉱石で、それを粉にして、色々な油と混ぜるだけであった。

しかし、その配合によって使い心地や発色が、面白いほどに変わっていくのだ。

肌や健康への慎重な配慮は必要であるが、それ以外は比較的自由だった。

(どうして私は今まで化粧を拒絶し続けていたのだろう)

しばらくして、琳麗は強く後悔した。けれど、同時に自分のように考えている人はきっと多いはずだとも思った。

試す気もない心情は誰よりも理解できる。

もし、化粧でもっと好奇心をくすぐり、広めることができたら?

——琳麗のように容姿に悩む人は、いなくなる。

生涯をかけるほどの、使命だと思った。

目指すのは、また使いたくなる心地の化粧品だ。

売られている化粧品の多くは、色数を増やしたり容器を美しくしたりと目を引くものであったが、実用性が低い。

使う者のことまでは、あまり考えられていないのだろう。

伸びが悪かったり、肌が荒れてしまったり、買わせた先のことまでへの配慮が足りない品が多かった。

「満足できる化粧品がないなら……作ればいいんだ」

琳麗は、これまで味わったことがない力が湧き上がってくるのを感じた。化粧に関係することであれば、一晩中だって話していられるほどの愛好家の誕生である。

顔料となる鉱石を砕く金槌《かなづち》と、粉にする瑪瑙《めのう》の乳鉢と乳棒は、相棒となった。

量産するのであれば、設備や職人が必要であるが、追究するには、これだけで事足りる。

徹夜で作るのは当たり前で、いい石英《せきえい》があると聞けば、商家のつてを満遍なく使い、自ら買い付けに行く。

ちょうどその折、父の左雲が騙《だま》され、価値のほとんどない鉱山を買ってしまい、皇家に大きな損害を出したと耳にした。

琳麗は落ち込む左雲を無理やり連れて、鉱山を見て回った。

「ああ、ようこそ、左雲様。見てください、とんだ貧乏籤《ハズレ》の山ですよ！」

つるはしを手にした鉱夫の代表が、坑道へ向けて手をひらひらとさせる。

「金剛石《ダイヤモンド》が出るからと、友人から借金代わりに譲り受けたのだが……」

左雲がぼそぼそと話しながら身を小さくする。

「そんなもん出やしません。下級輝石ばっかりですよ。どうします？　人件費がかさむ前に、鉱夫を撤収させますか」

きっぱりと否定され、落胆した様子の左雲の横で、琳麗は目を輝かせた。

「あ、あの……待ってください。下級輝石って……その、石英の割合は？」

琳麗は居てもたってもいられず、初対面の鉱夫に話しかけてしまう。

今までの琳麗であれば身を固くするような男性であったが、少し言葉がつかえただけであった。

「はい？　お嬢様……？」

鉱夫の代表が耳を疑うように、首を傾《かし》げる。

その背後にある石の山に、キラリと光る石が見えた。

（もう、待っていられない！）

「見て！　巨大な天然の雲母《うんも》があるわ、宝の山よ！」

琳麗は坑道の入り口へと駆け、洞穴の開いた石壁へと頬ずりした。

貧乏籤と言いながら、紫や黄色の水晶も見える。

なんという幸運なのだろう。

色鮮やかな鉱石を砕いたものが顔料となる。

砕けない硬くて色の地味な金剛石は、必要ない。

「その……内気な娘さんとお聞きしていましたが」

「いや、化粧品のことになると饒舌《じょうぜつ》なんだ。あの子が気に入ったなら、好きにさせよう」

その後、琳麗は父を説得し、化粧品作りのための職人を多く雇い入れ、安全で使い心地の良い瞼影《アイシャドー》を作ることに成功した。

価値がないと思われていた鉱山だったが、そこから産出した輝石のおかげで、収支は一気に黒字となる。

それらの下級輝石を使った、琳麗の化粧品は飛ぶように売れていき――。

今では、都蘭中で愛される自信作となっていた。

※　※　※

雀斑《そばかす》を撫《な》でながら、琳麗は鏡の中に映るぼんやり顔をした、今の十八歳の自分に微笑《ほほえ》んだ。

「三年間で、やれたほうだと思わない？」

まだ化粧なしでは、父や侍女、馴染《なじ》みの職人以外の人と話すと、気後れしてしまうことが多いけれど、だいぶましになったと思う。

何より、化粧のおかげで自分を好きになれた。

「次は後宮よ。御用達《ごようたし》になれば、もっと、多くの人へ届く。待ってて……」

琳麗は真剣なまなざしで、後宮用の三段重ねの化粧箱の中身を、ああでもないこうでもないと、考えを練り続けた。

指折り数えて翌週となり――。

道栄がやってくる日、琳麗は早朝から自分に化粧を施していた。

顔をぬるま湯で洗った後に、化粧台の前で、蒸留水と糯米酒《もちごめ》と精油を混ぜた液体を肌に染み込ませるようにして、ゆっくりと馴染ませていく。

水と酒と油という身近なものであるが、これらを化粧前に肌に置いたところ、顔料のかぶれを防いで、色が引き立つことがわかった。

肌の張りもよくなり、化粧が浮かなくなる。

琳麗は化粧台に向かって、念入りに肌を整えた。

勝手知ったる侍女の瑛雪《えいせつ》が、次に使う化粧品を手際よく並べていく。

瑛雪は赤茶色の髪に鳶色《とびいろ》の瞳を持つ、皇家にずっと仕えてくれている侍女だ。

琳麗よりも十歳近く年上の彼女は、いつまでも乳母のような存在であり、親友でもある。仲良しで不思議な関係である。

「よく眠れたようですね。お嬢様のやる気がうかがえます」

鏡の中の琳麗を見て、瑛雪が目を細める。

彼女もまた、今日はいつもよりもキリッと髪を結いあげていた。さらに新しい襦裙《じゅくん》に身を包んでいる。

「根性で眠ったわ。隈《くま》のある顔で化粧品の売り込みはしたくないもの」
「……普通は頑張っても眠れないものですけれどね」
目は冴《さ》える一方だったが、琳麗はこれも商売のためだと念じて寝た。
緊張より商売っ気が勝った瞬間である。
瑛雪に茶化されながらも、琳麗は慣れた手つきで、次の手順へと移った。
瓶入りの下塗り化粧液は皐家鉱山産の絹雲母《きぬうんも》を植物油で溶き、白い粘土鉱物を混合した
とろりとした液体である。
肌色をしているそれを、真珠一粒分だけ手に載せて、綿花を使ってトントンと雀斑の上
へ馴染ませていく。
たちまち雀斑が消えて、琳麗は慎重にその消した周りをむらにならないように、念入り
にぼかしていく。
こうすることで、隈《くま》も黒子《ほくろ》も消えるが、加減が難しい。
五十回ほど失敗して、琳麗は自然な加減を身に着けていた。
その後に今度は粘度のない絹雲母の粉を、大きな刷毛《はけ》で顔にふわりと伸ばしていく。
すると、陶器のように肌が完全に一色となる。
そこへ濃淡が違う二種類の琥珀《こはく》の粉で影を描いていくと、琳麗の顔がたちまち立体的に

なっていく。

鼻の高さは変わらないのに、彫りが深くなる。

黒灰色の眉墨で、きりりと吊《つ》り上がった細い眉を引く。

そして、紫水晶《アメジスト》に油と黒雲母を混ぜた瞼影をたっぷりと閉じた瞼《まぶた》に載せると、艶《あで》やかに光り輝く華やかな目元となった。

目尻には珊瑚《さんご》の粉も使って、赤の中に淡い光も宿す。

「我ながら、美しい色だわ」

いつもこの辺りで琳麗は上機嫌となり、身体《からだ》の芯から力が湧いてくる心地になる。

（ああ、なんて楽しいの）

化粧の力とは素晴らしいと思う。

なぜなら、ぼんやり顔の十人並みの琳麗が、こんなにも変われるのだから。

一筆、一粉と進むたびに、自信とやる気が漲《みなぎ》ってくる。

「自分のことながら、素晴らしい化粧の腕だわ」

いつもなら黙り込んでしまい言えないことだって、口からポンポンと出てくるのだ。

皆にも、一度だけでもいいから手に取って試して欲しい。

化粧の楽しさを広めたい。

無理強いはしたくないから、憧れてやってみたいと思える商品を作って、纏《まと》い、知らせたいのだ。

「瑛雪、筆を」

「たっぷりと浸してございます」

瞼影が完璧に完成すると、琳麗は半分だけ目を開けながら、思い切って瞼すれすれに油煙墨《アイライナー》で長い線を引く。

これは躊躇《ちゅうちょ》すると失敗するので、思い切ってグンと太い一筆で決める。

左右の瞼へと線を引き、それが乾くまで焦らずに目を伏せてから、ぱちりと目を開ける。

「ふっ、今日も成功ね」

目力が十倍ぐらい増し、もはや、化粧前の琳麗とは別人であった。

次に頬紅である。細かく砕いた桃色水晶に精油を混ぜた粉を、頬骨の高い部分に載せると、薔薇《ばら》色《いろ》の頬となり血色が良くなっていく。

「お嬢様、紅を」

「――ええ」

見た目だけでなく、気質も変わり、すっかり口調を変えた琳麗が鏡の中にいた。

迷いなく、石榴石《ガーネット》の粉を油で練ってとろみを整えた赤い紅を、細い筆でたっぷりと塗る、上唇は細く、下唇はややふっくらと。

その頃には、顔つきは威厳を帯びて、背筋もしゃんと伸びていた。

「お美しい出来栄えでございます。ささ、お召し替えを」

「当然ね」

化粧をすると、琳麗は性格が恐ろしく前向きになり、強気となる。

別人のように澄ました顔と口調の琳麗が、化粧台から立ち上がると、瑛雪が衣装を着替えさせに取り掛かる。

最初こそ、琳麗の変わった様子を姫ごっこと揶揄《やゆ》した瑛雪であったが、今は自然に受け入れられていた。

紫色の襦は、淡い桃色の薄い絹が胸元に合わせてある作りで、金糸で牡丹《ぼたん》が描かれている。

裙は紫紺で、帯は青、そこへ水色の組紐《くみひも》を重ねていく。

披帛《ひはく》は楝色《おうちいろ》で、これまで着たことがない華やかな盛装であった。

「これは、お父様が用意を？」

「はい、後宮の美姫《びき》に負けないようにと」

「ふぅん、まあ、いいわ」

琳麗は、自信たっぷりに受け答えをした。

化粧前の琳麗であったら「目立ちすぎたら感じが悪いです」と言うところであったが、今の琳麗には完璧に似合っていると自分でも思える。

それに、売り込み先で足元を見られて、後宮御用達にするので次から無料で寄越せと言われても困る。

再び化粧台の前へと座った琳麗の髪を、瑛雪が梳《と》かしていく。

前髪は眉にかかる程度の長さで整え、額は隠す。

後ろの髪は幾束かねじって、頭上で細い金の簪《かんざし》で留め、それ以外の梳《す》き下ろした長い黒髪は、艶出しの油で整える。

最後に大きな牡丹を模《かたど》った宝石がついた簪を挿すと、支度が完成した。

「後宮のお妃《きさき》様よりお綺麗《きれい》ですよ」

「ふふっ、そのようで困ってしまうわ」

琳麗は、少しも困らない口調で妖艶に微笑むと客間へと向かった。

約束の時間よりも早くに、道栄は立派な輿《こし》に乗って来ていた。

先に父の左雲と話があるからと、琳麗は待ちぼうけを食らい、やっと呼ばれた頃には昼を過ぎてしまっている。

少々空腹を覚えつつも、琳麗は襦の袖を触れ合わせ、深々と礼をしてから入室した。

「道栄様、ようこそおいでくださいました。お会いできて恐悦至極にございます」

「おお、琳麗殿、本日は麗しいほうの貴女《あなた》様ですな」

ぴかぴかに磨かれた床と高い天井の客間には、水墨画が飾られ、柱は色鮮やかな八宝《はっぽう》の意匠である。

道栄は酒飲みのはずであるが、赤く丸い卓の上に出されていたのは茶と菓子であった。

左雲と向かい合って座り、茶器を置いた道栄が、琳麗を歓迎するように手を広げる。

「はて、私はいつだって琳麗でございますが、何か？」

つんと澄まして、琳麗は眉尻をあげた。

道栄もまた、化粧前と化粧後の琳麗を知っている者である。

「そうであった、主上はいつものほうが好みであろうが……後宮には、今のほうが相応《ふさわ》しかろう」

白髪まじりの灰色の髪と同じ色をした長い顎鬚《あごひげ》を弄《いじ》りながら、道栄がもごもごと呟《つぶや》く。

「道栄様、おっしゃりたいことがあるなら、はっきりとおっしゃってください」

含んだ物言いは、気に入らない。琳麗はぴしゃりと言い放った。

五十四歳になったばかりである彼は、もう耄碌《もうろく》しかかったのだろうか。

「こら、道栄様に失礼であろう」

「威勢が良くて結構」

左雲が諌《いさ》めて、道栄がほっほっほと笑う。

宦官《かんがん》といえば黒い衣であるが、道栄は黒色が模様であるかのような、艶やかな梔子色《くちなしいろ》の立派な長衣《ちょうい》に身を包んでいた。

芥子色《からしいろ》の帯に、翡翠《ひすい》の腰牌《ふだ》が揺らめいている。

知らない間に、また宦官としての位が上がったのかも知れない。道栄は一見、人当たりが好《よ》いのだけれど、その仮面の裏で考えていることはわからない部分がある。

(何にせよ、食えないお方ね)

しっかりと話の手綱を握らなくてはならないと、琳麗は脇に置いていた三段重ねの化粧箱を手にした。

「このたびは、道栄様のお力で暐燎国の永寧宮へ、化粧箱のご紹介をいただけるとか」

「うむ、存分に売り込むといい」

快諾の返事がポンと耳へ届き、琳麗は目を見開いた。

左雲の味方をして、話を聞くだけとされる可能性が高いと思っていたから。

「まあ、嬉《うれ》しい！　い、いつでしょうか？　お約束の日を決めておきませんと」

この機会を絶対に逃してはならない。

「支度は済んでいるのであろう、今からだ。化粧箱《それ》を持って、ついて参れ」

道栄が左雲へ目配せをしてから、すっくと立ち上がった。

なんと気の早いこと――いや、気が変わらないうちに攻めるべきである。

「ええっ！　今からでございますか、はい……ええ……それはもう！　もしや、賢妃様へお話を通してくださったとか」

「ささ、詳しいことは着いてからにしよう」

「ああ、感謝いたします。道栄様」

琳麗の脳裏に、夢と野望が広がった。

後宮の妃様相手の実演販売である。伸びも持ちも良《よ》い琳麗の化粧箱が、飛ぶように売れる光景が浮かんでいく。

その中には丸団扇《うちわ》を手にし、口元に期待の笑みを浮かべた賢妃様もいらして……。

表へ出ると輿は道栄だけでなく、琳麗と侍女の瑛雪の分や荷運び用まで手配してあり――琳麗は期待に胸躍らせて、後宮へと向かった。

道栄に連れられた琳麗と瑛雪は輿から降りると、多くの門を歩いてくぐった。

翡翠の腰牌を、手慣れた様子で道栄が門兵に見せると、その先へと通ることができたのだった。

曄燎国の皇帝が住む、巨大な清瑠殿《せいりゅうでん》の奥に後宮である永寧宮は位置する。

荷は人とは別の道を通るらしく、琳麗は手ぶらであった。

妙にめかしこんだ瑛雪が一緒にいることは心強いが、化粧箱と無事に合流できるか、気を揉《も》んでしまう。

後宮に近づいているせいだろうか、門をくぐるたびに道栄の眼光が鋭くなって、口数も少なくなっていく。

詮索はやめて、琳麗も気を引き締め姿勢を正した。

後宮の妃へ不敬があれば、琳麗だけではなく、左雲にも道栄にも迷惑がかかってしまう。

やがて、蒼《あお》色、翠葉《りょくよう》色、橙夕《とうゆう》色、朱《しゅ》色の四色の屋根瓦が扉の向こうに見える、贅《ぜい》を尽くした銀色の門へと差し掛かり、琳麗は息を呑《の》んだ。

(本物の後宮……)

永寧宮は、上級妃の四名が住まうそれぞれに宮の色がある。

貴妃《きひ》の蒼月宮《そうげつきゅう》、淑妃《しゅくひ》の翠葉宮《りょくようきゅう》、徳妃《とくひ》の橙夕宮《とうゆうきゅう》、賢妃の朱花宮《しゅかきゅう》が琳麗の視界にあった。

この門には兵ではなく宦官が立っていて、彼らは腰牌を見せた道栄だけでなく、琳麗と瑛雪へも深々と頭を下げ、二人がかりで銀色の扉を押し開ける。

「ささ、琳麗殿」

段差などないのに道栄が手を貸してくれたのは妙であったけれど、琳麗はその手を取って門の中へと入った。

瑛雪も続いて入ったところで、背後の門が大きな音を立てて閉まる。

「――さて、お入りになりましたな。ようこそ琳麗殿、いや充儀《じゅうぎ》殿」

「はい？」

訝《いぶか》しむ琳麗に対し、道栄が得意げな顔をして、にんまりと微笑《ほほえ》んだ。

充儀とは……妃の身分の一つではなかっただろうか？

「道栄様？　まずは賢妃様の前に、充儀妃様とお約束をしてくださったのですか？」

「いいえ、貴女様が充儀でございます。ようこそ、永寧宮へ、心より喜んでお迎えいたします」

（ようこそ……ですって⁉）

やっと、琳麗は事の重大さに気づいた。

「お嬢様、いいえ、琳麗様。このたびは、後宮入りおめでとうございます」

瑛雪までもが、いつもと変わらない穏やかさで、改めたような態度を取る。

「騙《だま》された……」

二人の顔を交互に見ると、すべてを悟って、深いため息をついた。

琳麗を嫁入りさせたい父は、道栄と瑛雪の二人と口裏を合わせていたのだ。

化粧箱の売り込みと見せかけて、充儀として後宮に連れていく。一度妃として入ってしまったら、騙されたと主張しても、簡単には出ることはできない。

まんまと罠《わな》に嵌《は》められてしまった。

「やってくれましたわね」

じろりと道栄を睨《にら》みつける。

この場合、恨むぐらいは許されるべきだし、充儀妃となった今、琳麗は宦官の道栄よりも位が高くなったことになるので目上として礼を尽くす必要はない。

「そのような恐ろしい目で見るでない。商売にばかり熱を入れる娘を思う父親の気持ちを汲《く》んだまでのこと」

「でしたら、父だけでなく、本人の気持ちも汲んで、きちんと、お話を通すのが筋かと思いますが？」

道栄に続けて、瑛雪にもザクザクと視線を突き刺してあげたけれど、彼女は動じた様子がない。

「お二人とも琳麗様の今後を案じてくださったのです。正直に話したところで逃げ出すだけですから、真意を隠してお連れするしかなかったまで。他に方法がない以上、仕方のないことです」

「ぐっ、相変わらず正論ばかり言うのだから貴女は」

口論で琳麗は瑛雪には勝てたことはなく、いつも上手《うま》く丸め込まれてしまう。幼い頃からずっと一緒だったので、自分のことを何もかも知っている。

まったくもってタチが悪い。

「正論とは正しく論じるという意味でございます」

「正しいことだけでは世は渡っていけません！」

やられてばかりでは気が済まないので、何とかして返す言葉を探す。口にしたところでハッとした。これでは騙して後宮に連れてくることも肯定することになりかねない。

瑛雪のよく使う手だった。反論の余地をわざと残して、罠とする。

「よくご存じで」

案の定、瑛雪が温和な顔は崩さないままに、勝利の笑みをふわりと浮かべていた。

これまで、何度こうやっておっとりとやり込められたことか……瑛雪は見事な琳麗使いなのである。

「これこれ、後宮の入り口でいい加減にせんか」

言い争いの勝敗がついたところで、無意味にも道栄が仲裁に入った。

「騒いだところですでに後の祭り、後悔よりも今後のことを考えるべきではないか？」

「考えろと言われても、元は化粧箱の売り込みに……そうです！　賢妃様に会わせてくださる約束はどうなったのです？」

「はて、そのような約束をわたしが、いつ、どこで、したかな？」

よく思い返せば、確かに彼は誤魔化してばかりで色好《いろよ》い返事をもらえていない。

やはり、道栄はまったく煮ても焼いても干しても食えない人だった。

「騙して連れてきたのです、せめてそのぐらいはするべきでしょう」

「後宮で暮らしていれば、賢妃様に売り込む機会もあるであろう」

ひどく適当で人任せな返しだった。道栄には琳麗を連れてきた責任を取るつもりなどまったくないらしい。

「一応言っておくが、後宮に入った以上、個人の意思など関係ない。その身は皇帝陛下のもの。勝手には出られんぞ」

もし皇帝の子を身ごもった妃《きさき》が外に出てしまったら大変なことになる。また警護の面からも、後宮内の出入りは簡単ではない。

ただし、まったく出られないわけでもなかった。

一般的に知られているのは、皇帝が代替わりした時だ。その際、一部の例外を除いて、妃は暇を出され、後宮を出て行くことになる。

ただ、今の皇帝は二十代と若く、内外共に情勢は安定していた。いきなり代替わりが起こるとは思えない。

「そんなことは知っています。それより――」

「おっと、そろそろ時間だな。わたしはこれにて失礼させてもらおう」

「ちょっと待ってください。まだ話は終わってません！」

袍《ほう》の袖を捕まえようとするも、初老の男とは思えない身のこなしでひょいっと逃げられてしまう。

「あとは頼んだぞ。くれぐれも問題は起こさぬようにな」

去り際にそう言うと、道栄は再び開けられた銀の門を通っておそらく市井へ戻っていく。

琳麗も追おうとしたけれど、門兵に無言で止められた。

「わざと問題を起こして、あの古狸《ふるだぬき》に責任を取らせてあげようかしら？」

妃が皇帝の寵愛《ちょうあい》を受けて地位が上がれば、連れてきた宦官《かんがん》の功績になる。それは逆もしかりで、妃が咎《とが》められれば、その罪は宦官にも及ぶ。

「琳麗様、それはさすがにどうかと？」

「わかってる。馬鹿なことはしないわ」

道栄に嫌がらせをするため、わざわざ鞭打《むちう》ちになったり、首をはねられたりするつもりはない。

「もちろん、出世するつもりなど毛頭ないけれど」

横から大きなため息が聞こえてくるけれど無視して、琳麗はやっと銀の門から離れて後宮を闊歩《かっぽ》し始めた。

勝手に歩きだした琳麗を瑛雪が素早く追い越し、先導する。

事前に説明を受けていない琳麗は、自分がどの宮に入るのかも知らないし、自ら聞く気にもならない。

今、琳麗が知っているのは自分が充儀ということぐらいだった。

充儀とは皇帝の寵愛を受ける妃の位の一つだ。

現在は空席の正妃、次に四夫人と呼ばれる貴妃、淑妃、徳妃、賢妃、その下に九嬪《きゅうひん》と呼ばれる昭儀、昭容、昭媛、修儀、修容、修媛、充儀、充容、充媛と呼ばれる妃がおり、さらに下には多くの妃、妃の世話をするお付きの侍女たちがいる。

琳麗は九嬪の一人ということで、それなりに後宮内での地位は高い。

商家の娘としてはなかなかで、左雲や道栄が随分頑張って押し込んだのだろう。

ただ、後宮内の序列は公のものとはまた違うものだとも言われていた。

四夫人の地位は横並びだと言われているけれど、実際には実家の影響力や皇帝の寵愛度によって上下する。

他の妃についても同様ではあるが、ただ四夫人と他だけは明確な上下関係がある。

妃は、縁や出身地によって四夫人にそれぞれ属す形になるからだ。四夫人は宮に属するすべての妃の面倒を見る義務がある。

面倒を見るというのは穏やかな表現で、正しい言い方をすれば下の者を自由にできるが、連れてきた宦官同様に四夫人は妃の保証人となり、連動して賞罰の対象となる。

つまり、下の妃は四夫人に逆らうことができず、言いなりだ。

性格の悪い四夫人の宮になれば、嫌な思いをすることになるだろう。それでなくても、日の浅い妃は、他に比べて立場が弱い。

（この方角は……賢妃様のいる宮になるのかしら？）

門から東に向かってしばらく歩くと、美しく華やかな朱色に塗られた屋根が段々と近づいてくる。

賢妃と同じ出身地ということで、琳麗は朱花宮で暮らすことになるようだ。道栄が『後宮で暮らしていれば機会がある』と言っていたのは、このことを指していたのだろう。

同じ宮ならば、顔合わせする機会はある。

逆に違う宮ならば、会えるのは年に数回行われる宴《うたげ》の席ぐらいで、四夫人ともなれば会話をすることはとても難しい。

「瑛雪、説明して」

琳麗は気持ちの整理をつけて、瑛雪に事情を説明するように促した。

このまま何も説明を受けずに後宮で生活すると、無知が原因でどんな問題に足を突っ込んでしまうかわからない。

その辺りを補佐するために、琳麗の優秀な侍女は後宮について事前に調べ上げてあるはずだ。

「畏《かしこ》まりました。まず後宮内の建物についてですが、陛下の寝所である清瑠殿を中心に、同じ距離で四夫人の住まわれる宮が東西へ扇状に建てられています」

銀の門をくぐって正面に見えたのが、皇帝の寝殿だろう。

言われてみると、確かにそこから各宮まで続く道が延びているようだった。

しかも、ただの道ではなく、地面に様々な色の石や硝子《ガラス》を使って鶴などの模様が描かれ、如何《いか》にも皇帝が通るという体をしている。

「また各宮には目印となる三階建ての楼があり、そこに四夫人の房間《へや》が、周辺に宮に属する妃達の住む房間がありますす」

楼は他よりも高く、美しく飾られていて、一際目立っている。

朱花宮に向かっている今でも他の蒼色、翠葉色、橙夕色の楼が確認できた。おかげでそれぞれの位置がわかりやすい。

「楼は陛下のお渡りが、すぐに確認できるようにとのことです」

「……？」

皇帝が今夜どの妃の寝所で過ごすのか、もしくは自らの寝所に呼ぶのかは、事前に宦官から連絡が来る。確認する必要などないはずだ。

「むっ、そういうことね」

瑛雪にそのことを尋ねる前に、自ら気づく。

表向きは皇帝が来るのがわかるようにだけれど、実際にはその夜、皇帝がどこの宮へと足を運んだのか、もしくはどこの妃が呼ばれたのか、四夫人にはわかるということだ。

四夫人の競争を煽《あお》るためだろう。趣味が悪い。

けれど、新入りで四夫人でもない琳麗には縁のないことだ。

「それにしても何だか……忙《せわ》しない、わね？」

塀に囲まれ、門で閉じられた後宮は閉鎖的で、雅《みやび》な場所だと思っていたけれど、想像とだいぶ違う。

大きな荷物を持った侍女達が忙しなく道を行き来している。新しく入ったことで注目を浴びなくて良いのだけれど、いつもこうなのだろうか。

「それは、今日で新しい妃嬪《ひひん》の後宮入りができなくなるからでしょう」

瑛雪がさらっと驚愕《きょうがく》の事実を口にする。

「だから手続きの間もないぐらい、騙《だま》すように連れてきたのね！」

「お察しの通りです」

左雲と道栄は、後宮入りが中断されるのを知り、急いで琳麗を連れてきたらしい。そこまで焦らなくてもいいのにと思ってしまう。

こうでもしないと、いつまでも嫁がないとでも思ったのだろうか。

いや、確かに恋や愛には今のところ興味がないので、間違っていない。あくまでも今のところは、と強調したいところだけれど。

「琳麗様の属する朱花宮の四夫人賢妃様ですが、お名前はご存じのとおり菫華《きんか》様。自他共に認める見目麗しい方ではあるのですが、どうやら……陛下のご寵愛をあまり受けておられないようです」

さすがに聞かれるとまずいので、瑛雪が小声になる。

「美姫《びき》なのに？　何か本人に問題でもあるのかしら？　それとも陛下の好みではないとか？　もしくは特殊な嗜好《しこう》？」

こんなことを宦官に聞かれたら、陛下への不敬だと大ごとになってしまう。けれど、琳麗は気にせず口にしていた。

いつも後悔するのだけれど、どうも化粧をすると自信が漲《みなぎ》る反面、恐《こわ》い物知らずというか、やんわりと包んで話すのが苦手になる。

「本当のところはわかりません。陛下にかかわることですので」

皇帝に関係することは、そう簡単に漏れるはずがない。市井で調べたにしては今までの話だけでも上出来だった。

ただ、後宮内となれば別だ。

外に出られない妃嬪の主な話題は、皇帝や四夫人が中心だろう。

琳麗としては皇帝の寵愛を受けるつもりは毛頭ないけれど、問題事を避けるためには、できる限りの情報は知っておく必要がある。

それらは商売から学んだことだった。

戦が起これば鉄や銅の価格が上がるし、飢饉《ききん》となればその地での販売は鈍る。何が素材や商材の価格に影響するかわからない。

「陛下はどんな方なの？」

「清廉潔白な方のようです」

市井では皇帝など雲の上の人だ。わからないと言われるとばかり思ったけれど、意外なことに瑛雪から答えが返ってくる。

「しかもどんな美しい妃《きさき》も、一目で陛下の寵愛を欲したくなるほど眉目秀麗な方とか」

「嘘《うそ》くさい。どんな媚薬《びやく》顔よ」

瑛雪の言葉を一蹴する。

どんな人かわからないから、誰かが自分勝手に想像した産物だろう。もしくは後宮入りする女性を増やすための宣伝文句に決まっている。

「ぜひご対面された際は、ご感想を聞かせて頂ければ幸いです」

「いや、あなたは興味ないでしょう」

琳麗と同じように、瑛雪の浮いた話を聞いたことがない。

「男性としてはその通りですが、琳麗様のお相手となれば、興味がございます」

「はいはい、まったく優秀な侍女ね」

姉であり、友でもある瑛雪にそう言われると、さすがに気恥ずかしい。

彼女は自分を騙した一人ではあるけれど、それも琳麗を思ってのことだと分かっているし、後宮内では頼りになる侍女だ。

「他に、私にとって良い知らせはある？」

「妃嬪は一年お手がつかなければ帰っても良いそうです」

「それ！　最初に言って！」

琳麗が最も知りたかった事で、思わずつっこんでしまう。

「けれど、例年の約束事ではなく、今年からの決まりのようです。一年で自分から暇を願いでることができるなんて、何か理由があるのでしょうか？」

「誰かの思惑とか、どうして決まりができただとか、そんなことはどうでもいいわ！」

琳麗は瑛雪の疑問をばっさり却下した。

（一年、乗り切れば外に出られる……！）

「なるべく房間で過ごして、問題に巻き込まれないようにして、何としても今日からきっちり一年後に皐家へ戻って、お父様に復讐《ふくしゅう》してやる。ふふふ……」

さっそく頭に浮かぶのは、左雲への嫌がらせの数々だ。まずはお気に入りだった書に上から下手な落書きを――。

「あんたが次の充儀？　ずっと待っていたんだけど」

復讐を誓っているところを、聞いたことのない声が遮る。

気づけば朱花宮の目の前にいて、そこには迎えと思われる妃らしき者が立っていた。

「どうやら歓迎されていないようね」

困ったわと頬に手を当てて、相手に威嚇の視線を送る。

化粧をしてる時の琳麗は、これぐらいの悪意には負けない。

「あ、あんたの房間はこっちよ。ついてきて」

琳麗に一瞬怯《おび》えるも、迎えの妃は勝手に朱花宮の中を歩き始めた。

「賢妃様が出迎えてくれる、とまでは思っていなかったけれど、九嬪《きゅうひん》なのにこの扱いだなんて今後が心配」

「新入りで、全員が皆皇帝の寵愛《ちょうあい》を奪い合う敵のようなものですから、こうなるのは必然かと」

どんどん遠くなる案内役に、大きなため息をつくと、仕方なく追いかける。

「ここよ、送られてきた荷物は中に届いてるから」

戸を開けた先は、それなりの広さの房間だった。

さすがに九嬪の房間を勝手に他に割り当てるようなことはしなかったらしい。けれど、嫌がらせのようにほこり臭い。

卓を指でなぞると、埃《ほこり》がびっしりとつく。

あらかじめ手配されていたはずだけれど手違いがあったのか、実家から届いている品々の封すら解かれていない。

「じゃあ、あたしはこれで」

「ちょっと待ちなさい」

房間に案内しただけで、さっさと出て行こうとした妃の前に立ちふさがる。

「な、なに？　あたし、賢妃様に呼ばれているんだけれど」

賢妃の名前を出せば、引き下がると思ったのだろう。

けれど、化粧をした自分はそのぐらいでは怖《おそ》れない。

用意周到な父と瑛雪が、これだけの荷物で琳麗を送り出すはずはないのだ。

現に隣にいる瑛雪が首を傾《かし》げている。

「本当に、ここにある荷物がすべてよね？」

「…………」

迎えの妃が、さっと視線を逸《そ》らす。横取りしたと認めたようなものだ。

「実家に問い合わせて、もし、もしよ、なくなっている物があったら、あなたが真っ先に疑われるでしょうね。そして……どうなるか、わかるわよね？」

最大の脅しとは、言葉にしないこと。相手に想像させるに限る。

「あ、あぁ、そういえばまだ持ってきてないものがあったんだっけ！　今すぐ持ってくるから待ってて！　いや、待っててください！」

「いいわ。でも、持ってこなかったら……わかってるわよね？」

もう一度脅すと、コクコクと首を縦に振って、案内役の妃は逃げ出していく。

元から房間に置かれていたのは半数ほどで、荷物は倍以上になった。

まったくもって前途多難である。

「さて、どこから取りかかったらいいのやら。とりあえずは――」

化粧を落とすところから始めることにした。

二章　後宮入りの夜は不敬に更けて

琳麗《りんれい》はさっそく瑛雪《えいせつ》に井戸から汲《く》んできてもらった水に湯を混ぜて、ぬるま湯にして木《き》桶《おけ》に張ると、丁寧に化粧を落としていった。

澡豆《そうとう》と呼ばれる豆の粉に数種類の生薬を混ぜた物を化粧した顔に塗ると、水を含ませながらゆっくり優しく揉《も》み込みこみ、洗っていく。

こうすることで化粧が落ちやすくなる上に、白くて、きめの細かい、健康な肌にもなるので一石二鳥どころか、三鳥、四鳥だ。

もちろん、これも皇家《こうけ》の商品の一つで、説明すると必ずといっていいほど化粧品と一緒に売れるので、実は隠れた稼ぎ頭だったりする。

「ふぅ……」

今日のために気合を入れて施した化粧が落ちていくと、何だか疲れや騙されたことに対する苛立《いらだ》ちの気持ちまで取れていく気がした。

化粧は好きだけれど、素顔に比べると格段に疲労する。施すと普段より自信が出て力が漲るのが影響しているのかもしれない。

(今回は騙《だま》されたせいで、化粧の意味があまりなかったけれど)

心の中だけの愚痴に留《とど》める。

素顔になったこともあり、父と道栄《どうえい》にもう腹を立ててはいない。

今は先を見て、今後のことを考えるべきだ。

「まずは掃除ね」

房間《へや》は、しばらく使っていなかったのか、元の住人が綺麗《きれい》好きではなかったのか、はたまた嫌がらせでわざと汚したのか、あちこち埃まみれな上に床は泥で汚れていた。

「床はお任せください。琳麗様は家具を」

頷《うなず》くと、瑛雪と手分けして房間を綺麗にしていく。

化粧のりの良い肌を作るには健康に気を配ることも大切だ。掃除は琳麗にとって手慣れたものだった。

「商家の娘がこれぐらいで根を上げるとでも思っているのでしょうか?」

「どうかな? どこぞの姫が、いきなり来た途端にこれなら結構堪えるかもよ」

宥《なだ》めるお付きの侍女の優秀さ次第といったところだろうか。

(力仕事を妃にやらせるなんて。こういう時のために宦官《かんがん》がいるものだけれどね)

道栄と父が急遽《きゅうきょ》後宮入りさせたので、身の回りの世話をしてくれる宦官の手配までは手が回らなかったのだろう。

掃除をてきぱきと終わらせると、実家から届けられていた品を開封して、房間の適切な場所に配置していく。

必要以上に荷物が多いのは、左雲《さうん》が娘を騙して後宮に入れたことを多少なりとも申し訳なく思っているからだろう。

襦裙《じゅくん》や簪《かんざし》などの装飾品、衝立《ついたて》や銅鏡などの家具、銀の杯・箸といった日用品の他に、化粧品は当然ながら、鉱石を粉砕する金槌《かなづち》や、愛用品の瑪瑙《めのう》の乳鉢、様々な素材や大きさの刷毛《はけ》、鉱石の粉が入った硝子《ガラス》瓶まで届けられていた。

これだけあれば、すぐに新しい化粧品作りに取りかかることもできる。

「ふぅ……」

掃除と届いた品の配置が終わると、房間は見違えた。

衝立には琳麗の名前にちなんだ鹿の刺繍《ししゅう》が施された布を掛け、房間の隅にあった台には皿や香炉、壁には美しい湖を描いた水墨画、入り口正面の壁にはお気に入りの見事な書を掲げる。

床には伝統的な円環状の花模様の絨毯《じゅうたん》が敷かれ、奥にある寝台には鮮やかな朱色の帳《とばり》を吊《つ》るした。

最初はがらんと寂しかった印象だったけれど、透かし彫りの窓や間仕切りの扉といった元からあった建具は上等な物だったので、きちんと飾れば見栄えがする。

これなら皐家の房間にもひけは取らない。広いし、父に小言を言われない分、こちらの方が快適と言える。

後宮に入れられてしまったのは、悔やんだところでどうしようもない。だったら、化粧品を売り込みやすい場所に引っ越したと考えたほうがずっと暮らし易いだろう。いつまでも騙されたことを言っていても始まらない。

「皇帝陛下が私如《ごと》きに興味をもたれるはずもないし、新しい化粧品を考えていれば、一年なんてきっとすぐよ」

「琳麗様、心の声が漏れていますよ」

「失礼しました……!?」

瑛雪のつっこみに、にっこりと返す。けれど、その笑顔をすぐに強《こわ》ばらせた。

誰かが戸を叩《たた》く音が聞こえたからだ。後宮に知り合いはいないし、今さら朱花宮《しゅかきゅう》の妃《きさき》から熱烈な歓迎を受けるとも思えない。

つまるところ、嫌な予感しかしなかった。

瑛雪が入り口に向かうと外へと尋ねる。

「どちら様でしょうか？」

「陛下の使いの者です」

落ち着いた声の男性はおそらく、宦官だ。

皇帝の使いが何の用事だろうと不審に思いながらも、邪険にするわけにいかず、琳麗も出迎えに向かう。

瑛雪が戸を開けると、そこには美しい顔をした男性が立っていた。

年は二十代後半から三十代前半といったところだろうか。藍色の長い髪を片方の肩で結い、細身で整った顔をしている。

異国の血が混じっているのだろうか、灰色の瞳をしていなかったら、彼が噂《うわさ》に聞く、誰もが一目惚《ひとめぼ》れをするという眉目秀麗な皇帝かと思ってしまうほどの美男子だ。

黒い袍《ほう》に銀の模様がさりげなく入っていて、よく似合っていた。

「わたくしは陛下にお仕えしております玉樹《ぎょくじゅ》と申します。充儀《じゅうぎ》様、以後お見知りおきを」

思わず見惚《みほ》れてしまうほど、優雅な所作で男性が恭しく頭を下げる。

「こちらこそ、よろしくお願いいたします。このたび、充儀となりました琳麗と申します」

やや気後れしながらも挨拶を返す。

頭を上げた玉樹と名乗った宦官が房間を見て、少しだけ目を見開いた。

「どうかなされましたか？」

「いらっしゃったばかりなのに、素晴らしいお房間《へや》ですね。清潔で、明るく、趣味がとても良い……住まわれる琳麗様のお人柄がよく出ていらっしゃる」

尋ねると感心したように玉樹が答える。後半は琳麗の調合器具の置かれた一角を見て、そう付け加えた。

「ありがとうございます。すべて賢妃《けんひ》様のおかげです」

朱花宮の主は賢妃だ。

化粧品の売り込みもあるし、ひとまず四夫人を立てておく。

「そういうことにしておきます」

玉樹が含んだ言い方をする。これは好意的と捉えていいのだろうか、なかなか難しい。

皇帝の宦官だから、朱花宮の事情には通じているのかもしれない。

そんなことより――。

「どのようなご用件でしょうか？」

「これは失礼、房間の素晴らしさに気を取られてしまいました」

玉樹は恭しく頭を下げて謝罪すると、琳麗に用事を告げる。

「ご存じかと思いますが、今宵《こよい》、陛下は琳麗様をお呼びするよう命じられました。夜半、亥《い》の刻になりましたら、別の宦官がお連れしますのでご準備を怠りなさいませんように」

「はっ……？」

玉樹の言っていることは、琳麗にとっては突拍子もないことで、意味がまったくわからなかった。

思わず小さく口を開けたままになってしまう。

「ですから、今宵のご準備を」

「後宮に来たばかりの私が、いきなり陛下に伽《とぎ》を命じられるのですか？」

夜伽はどうせ四夫人ばかりが呼ばれて、他の妃はほとんど出番がないものだとばかり考えていた。

「陛下は清廉潔白なお方です。どのような妃も、平等に一度は必ず寝所に呼ばれます。今日、後宮入りした九嬪《きゅうひん》は貴女《あなた》様だけですので、初日に呼ばれたというわけです」

「そうだったのですか」

がっくりと肩を落とす。

一年間、皇帝には出会うことなく、後宮を出て行くつもりだったのに、いきなり出鼻をくじかれる格好になってしまった。

「用件は以上です。わたくしはこれにて失礼いたします」

落ち込むあまり、玉樹が房間を去っていくのに見送ることもできない。

彼が去ってからしばらくして、やっと立ち直る。

(まあ、初日だから後宮から出られる日が延びるわけではないし……一日ぐらい誤差の範囲かな)

これが数日後であったら、気落ちしただろう。

「そ、そ……そういえば、伽、初めて、どうしよう!?」

男性と二人きりになったことさえ、琳麗にはない。

ちなみに道栄は宦官で、年寄りなので数に入れない。

「誰もが通る道です。大丈夫、琳麗様ならきっと上手《うま》くやれます」

「無理、知識としては知っているけど、何をどうしていいかまったくわからないし」

瑛雪の言葉には根拠と誠意がまったく感じられない。

「きっと殿方が導いてくれますよ」

「伽なのに？　後宮の妃なのにそれでいいの？　私が楽しませなくていいの？」

後宮といえば、女性達が皇帝を楽しませて、子種を授かり、妃嬪《ひひん》がのし上がる場所というのが市井ではもっぱらの認識だ。

「初めてだから良いのです。初々しさを好む殿方が大多数ですので」

「本当？　それなら気が楽だけど……」

けれど、よく考えれば、どうしていたらいいのかという答えにはなっていない。

「ささ、少し早いですが準備を始めましょう……どうせ化粧をしてしまえば、陛下の前だろうと大罪人の前だろうと関係なく、お嬢様はどんとかまえていられるのですから」

「瑛雪、後半が聞き取れなかったんだけど、何て言ったの？」

「重要なことは何も」

瑛雪に背中を押され、化粧道具が置かれた場所に移動させられる。

まずは衣と簪をどれにするか選ぶところから始めた。

太陽が地面にもぐり、代わって月が夜空を照らしてからたっぷり経《た》った亥の刻、夜半の少し前になって、約束通り灯《あか》りを手にした玉樹とは別の宦官が房間を訪ねてきた。

「お迎えに上がりました」

琳麗はすでに橙色《だいだいいろ》に赤い柘榴《ざくろ》の刺繍が入った、豪奢《ごうしゃ》な夜着を纏《まと》い、化粧をして待ち構えていた。夜伽用の支度である。

「準備はお済みのようですね。ご案内いたします」

歩き出した彼の後を琳麗はゆっくりついていった。

朱花宮を出ると、来た時とは違う道を進む。

例の硝子や色のついた石が綺麗《きれい》に埋め込まれた、皇帝が通るための道だ。そこを宦官の先導で歩いていく。

すぐに複数の視線を感じた。きっと各宮の楼から琳麗のことを見ているのだろう。

値踏みされていたり、嫉妬されていたりするのがわかる。

それでも化粧をした琳麗はまったく動じない。

ゆっくりと自分の速度で清瑠殿《せいりゅうでん》に向かった。

建物に入るための短い階段を上ったところで、無粋な視線は一斉になくなる。

「ここから先は琳麗様お一人で。しばらく廊下を行った先に扉がありますので、その中で陛下がお待ちです」

皇帝の寝所のある清瑠殿は、長方形をした大きな建物だ。

二重櫓《やぐら》の屋根は紫紺色《しこんいろ》に塗られ、月明かりの中で闇夜にうっすらと輝いて見える。

清瑠殿の周囲にはぐるりと手すりのついた回廊があり、そこから妃のいる四つの宮にそれぞれ繋《つな》がっていた。

(ここが寝所の入り口ね)

宦官《かんがん》に言われたとおり、南側へと廊下を進むと見事な二頭の龍が彫られた木製の扉を見つける。

その前で琳麗は一息ついた。

(上手くやらなくては)

化粧をしてからここに来るまで、今夜を乗り切る策を考えていた。

皇帝の命に逆らえば、即死罪になるので、逆らうことはできない。

伽をして万が一、気に入られてしまったら一年後に後宮を出て行くことはできない。

そもそも伽の経験はないし、知らないし、できない。

ないないづくしだけれど、琳麗にはこの場を乗り切る根拠のない自信だけはあった。

まず気に入られないために、伽が役目といえども自らは何もせず、死んだ目で、美しいだけで後宮に入れられた妃を演じる。

それでももし迫ってきたら、ぎりぎりのところで先延ばしにする。

理由は何でもいい。気分が優れないや、寝具が気に入らない、位置が気に入らない、化粧を直したいなど、その場で最も無理のないものを選択する。

重要なのは、伽を拒否するのではなく、あくまでも相手にその気をなくさせることだ。

一度その気になった男性のやる気を削《そ》ぐことで、お手つきになることを完全回避する。

(名付けて、俎鯉《まなこい》と寸萎《すんなえ》の策!)

「いつまでそこにいるつもりだ?」

我ながら素晴らしい策名だと思っていたら、中から声を掛けられた。

扉の前にいることを、気配で勘づかれたらしい。

「失礼いたしました、充儀の琳麗と申します」

「さっさと入れ」

皇帝に嫌われるのは望むところだけれど、怒られるのは困る。

琳麗は言われた通り、さっさと扉を開けて皇帝の寝所へと足を踏み入れた。

「やっと来たか」

房間《へや》の中央奥、床からさらに一段高くなった場所に置かれた金色の大きな寝台の上に、
一人の男性があぐらをかいて座っていた。

皇帝の冠を取って下ろした髪は、肩に落ちている。

灯りに照らされてうっすらと茶色がかってはいたけれど、瞳と同じくほぼ黒い。

顔立ちは噂通り確かに整っている。宦官の玉樹が女性的な魅力を秘めているとすると、
彼は男性らしい強い魅力を発していた。

強い意思を秘めているように見える大きな瞳、鼻筋が通っていて、顔の陰影がはっきりしている。

藍色をした夜着の上からでも、筋肉質な身体《からだ》をしているのが一目でわかった。

日々、鍛錬をしている体つきである。

皇帝なんて、椅子の上に座って偉そうにしているだけだと思っていたけれど、どうやら彼は違うようだ。

寝台には書物が置かれていて、今夜の相手が来るのを待つ間も、それらに目を通していたのだろう。

「んっ？　お前、名は何という？」

「皇家の琳麗と申します」

一瞬、皇帝が琳麗の顔を見て、何か反応する。

「そうか……美しいな」

褒めたわりには、何だかがっかりしたかのような口調だった。後半の言葉は、皇帝なのに言わされたかのようだ。

（後宮は数多《あまた》の美姫《びき》が集うところだから、当然よね……）

化粧には自信があったので、皇帝にそれが通用しないのは少し残念だったけれど、気に入られたいわけではないから、琳麗にとってはむしろ都合がいい。

しかも美姫が多いとなれば、お互いに皇帝の寵愛《ちょうあい》をめぐって競い合っているはずだから化粧品の需要が大いにあり、売り込みがいがあると喜ぶべきだろう。

「そんな遠くにいては話もできない。こっちへ来い」

黙っていると、皇帝が手招きをする。

(さっそくきたっ！)

「陛下に対して恐れ多きことです。情けをいただくまではこちらで十分でございます」

入り口の床に座り込み、徹底抗戦する。

するとまたも皇帝が「んっ？」と何か反応した。

今度は大きく黒い瞳が、興味深そうに琳麗を見据えている。

「いいだろう、俺がそっちに行こう」

「そのようなことを陛下に……」

皇帝が寝台から降りて、琳麗の方へ来ようとしている。

さすがに琳麗は止めようと立ち上がった。皇帝と床で顔を合わせて座るなんて、恐ろしくてできない。あとで宦官に知られたら、罰せられてしまうだろう。

「では、俺が行けないのなら、お前が来るしかないな」

彼がにやりと笑って、来いと言うように寝台をパンパンと叩《たた》く。

（この人、なかなか手強《てごわ》いわ）

これ以上断ると怒らせてしまうかもしれないので、琳麗は仕方なく言う通りにした。

「失礼してよろしいでしょうか、陛下」

「かまわん。こっちへ来いと言ったのは俺だ」

寝台の前まで行くと、少し迷った末に皇帝が座っている場所からなるべく一番遠い足側に腰掛けた。

「あと陛下と呼ばれるのはあまり好きではない。この場では邵武《しょうぶ》と呼べ。お前のことも充儀ではなく、琳麗と呼ぶ」

「それが陛下のお望みならば」

これが皇帝のいつもの手だろうか。

もし迫ってきたら、すぐさま寝台から転げ落ちるつもりだった。痛くないように転がりながら、怪我《けが》をしたふりをしてお手つきを回避すればいい。

「琳麗、お前は商家の生まれだったな。今の後宮を初めて目にして、どう思った？」

しかし、次に邵武がしたのは、琳麗へ襲いかかる、ではなく、ただの会話だった。

名前を呼ばせたり、和ませようと会話から入ったり、思ったよりも皇帝は生娘を転がすのが得意なのだろうか。

もしかして、瑛雪が言っていた通り、初々しいのが好きなのかもしれない。

(今からでも男慣れしている妃《きさき》の演技に変えるべき? さすがに遅いわよね)

「どうした? 話せ」

琳麗が考え込んでいるのかと思ったのか、邵武が再度促してくる。

「思ったことをそのまま話しても宜《よろ》しいものでしょうか?」

「ここでの発言で罰したりするような馬鹿なことはしない」

言質をとったところで、琳麗は考えをまとめて話し始めた。

「結論から言うと無駄が多いように思います」

「ほう、具体的に言ってみろ」

邵武が機嫌を悪くした様子はないのを確認して続ける。

「陛下のお子を産むことはとても重要ですが、お相手が多すぎます。皇帝陛下のお身体は、たったの一つ。一夜で何人も相手にするような疲れ知らずの好色家でない限り、相手は相当数限られてきましょう」

「確かに、一夜に一人で十分だ」

歯に衣着せぬ琳麗の言葉に、邵武が苦笑いしながら同意する。

「となると大多数の妃は特にお役目もなく、ただ暇を潰し、鬱憤を溜《た》めていくことになります。そんな後宮はとても健全とは言えません。ただの穀潰し集団です」

　初日なのでまだ正確に把握していないが、間違ってはいないと思う。

　閉じ込められ、することもなく、皇帝の寵愛も受けないとなれば、何のために生きているのかと疑問に思うだろう。性格がねじ曲がってしまうのも責められない。

　新しい妃への嫌がらせなどがその結果だ。

「では、琳麗、お前ならこの後宮をどうする？」

　一介の妃に尋ねることかと思ったけれど、琳麗は答えることにした。

　言いたいことを言える、良い機会だ。

「いきなりは何ですから、段階的に人数を減らしていきます。そうですね、ひとまず半分にします。その上で残った妃には一部を除き、後宮内で何か役目を与えます」

「たとえば、どんなことをさせるんだ？　中には生まれた時から後宮へ入ることが決まっていて、皇帝に尽くすことしか考えられない者もいるぞ」

　邵武も琳麗のように辛辣な言葉で返してくる。

　意外なことに、皇帝との対話が段々と楽しくなってきてしまった。父と商売の真面目な話をしているとすぐに任せると言われて逃げられてしまうし、瑛雪は助言をくれるだけで、討論することはない。

他の者に至っては、そもそも女性だからと聞く耳をもたれない。

しかし、邵武が真剣に琳麗の言葉を待っているのがわかる。次に何を言うのか楽しみにしているのが伝わってくる。

そんなことは初めてで、琳麗としても彼の反応が気になった。

「熟慮する必要がありますが、妃が教養として一律で身に付けていることをお役目とするのはいかがでしょうか？」

「妃の教養というと針、筆、楽か」

以心伝心のような邵武の素早い反応に、琳麗は頬を上気させて頷《うなず》いた。

針は刺繍《ししゅう》、筆は水墨画や書、楽は楽器や踊りのことを示す。これらは暇つぶしでありながら、妃の嗜《たしな》みとして多くの者が後宮へ入る前に実家で教え込まれることだった。

「はい、他にも人によっては卜占《ぼくせん》や調合などが得意なものもいるでしょう」

琳麗がその一人だ。

針、筆、楽はそれほど上手《うま》くないけれど、化粧品の調合だけは誰にも負けない。

「それをどう後宮内での役目にするんだ？」

「刺繍の得意な者ならば、陛下のお房間に飾る物を作らせたり、外国への贈り物や功のあった者への褒賞としたりするのです」

「なるほど、それなら仕事は尽きないな」

市井から買う機会が減り、御用達《ごようたし》となる品が少なくなってしまうけれど、まったく買い入れないわけではないのでそれほど問題ないはずだ。

御用達の価値が今よりも高まり、納入した物はより売れる。

「筆も楽も同じく、後宮内の物や贈り物を作らせたり、宴《うたげ》で楽士や踊り手の役目をさせたりすればいいな……後宮で役目を設けるなんて突拍子もないが、理に適《かな》っている」

邵武は琳麗が口にする前にすべて理解してしまった。

まるで思考が合わさり、加速していくかのようだ。

気づけば、彼との会話を楽しんでいる自分がいた。

「さらに申し上げれば、作った物を外に売り出すこともできます。数を絞って、上手く売り出せば、後宮製というのは市井で大人気となるでしょう」

「今度は自分の食い扶持《ぶち》は自分で稼ぐというのか、面白い！」

だんだんと調子に乗ってしまっているのがわかるけれど、止められない。

「最終的にはこうしてはどうでしょうか？　後宮に入れた女性に先輩妃が教養を教え込み、一年、いいえ、半年後にお手つきがない女性は市井に必ず戻すのです。こうすることで、後宮の若返りを保ちつつ、入った女性も教養を手に入れて嫁入り先に困らない。送り出した実家も喜ぶはずです」

「全員が得をするというわけだな」

邵武はやや俯《うつむ》き、真剣に考えてくれているようだ。

(睫毛《まつげ》が長い……)

最初は視線を逸《そ》らしていたはずなのに、いつのまにか彼を見つめていた。

「もちろん、すべてが上手くいくとは思えません。ですが、今の後宮よりはましかと」

「少なくとも暇で不機嫌な妃はいなくなるだろうな」

そこまで言い切ったところで、楽しいあまり、少しやり過ぎたことに気づいた。

〝俎鯉と寸莠の策〟がまったく実行できていない。

「良いことを聞いた。何か褒美をやろう」

「妃の戯《ざ》れ言《ごと》に褒美など、恐れ多いこと――」

気づけば、邵武の顔が目の前にあった。

会話に夢中で近づかれていることに気づかず、最後に一気に詰められてしまったようだ。

転げ落ちて逃げるにも、この距離だと手を伸ばして摑《つか》まれてしまう。

「お前になら俺の一番の寵愛をくれてやってもいい。後宮内でも一目置かれるようになる」

「ご冗談を。私は今の地位で十分です」

少しでも動けば、押し倒されるか抱きしめられるかされそうで、身動きが取れない。

「これほど美しく、賢いのに、他の妃嬪《ひひん》を追いやる気概はないのか？　正妃の座を狙おうとは思わないのか？」

邵武の手が琳麗の頬へと伸びてくる。

（このままだと奪われる。何とかして逃げなくては、寸止めしなくては）

「邵武様からであっても、他人から与えられた地位に興味はありません」

答えながら、必死に手を考えるけれど、思いつかない。客観的に見ても、琳麗と邵武は良い雰囲気になってしまっている。しかも寝台の上だ。

「俺の興味は、ますますお前に向いているがな」

ゆっくりと邵武の顔が近づいてくる。口付けして、そのまま押し倒す算段に違いない。

「ええいっ！　手ぬるいですわ！」

半ばやけくそ気味に声を張り上げる。驚いた邵武の動きが止まった。

「本当に私が上を目指すのであれば、それは正妃などではなく、皇帝の座。あなた様の寵愛を欲するふりをして子を産み、邵武様を廃帝に追いやった上で子をその座につかせ、後見人として政務を取り仕切ります」

役者のごとく、一気にまくし立てる。

「邵武様に今、その覚悟がございますか？」

さすがの邵武も言葉が出ずに固まっている。

そして、しばらくしてから腹を抱えて笑い始めた。

「はははっ、皇帝に覚悟を問う妃がいるとはな。面白い、まったく面白い」

どうやら良い雰囲気をぶちこわすのには成功したらしい。

「覚悟があるかと問われれば、今はないと答えるしかない。だから……今日は隣で眠るだけとするか」

そういうと、邵武が寝台へどどんと横になる。

「朝まで添い寝しろ。今出て行くと、後宮内で色々陰口を叩《たた》かれるぞ」

「は、はい……」

今度は琳麗がきょとんとしていると、邵武が声をかけてくる。

(この様子ならば、もう伽《とぎ》はないとは思うけれど……)

警戒しながら隣に彼と背中を向け合うように身体《からだ》を横たえた。

「先ほど褒美を取らせると言ったのは嘘《うそ》ではない。何か望みを一つ叶《かな》えてやる」

すぐに眠るのかと思ったけれど、横になったまま邵武が尋ねてくる。

「特には――」

「皇帝が嘘をつくわけにはいかない」

断ろうとしたけれど、先手を打たれる。望みの物を言わないわけにはいかなくなった。

普通ならば、衣や装飾品を求めるだろうけれど、それでは皇帝の特別な寵愛《ちょうあい》を受けていると周りの者に嫉妬されかねない。

(何も物でなくてもいいのでは!?)

化粧品の顔料となる、珍しい鉱石でも所望しようかと考えていたけれど、もっと良いものを思いついた。

「賢妃様に会えるように手筈《てはず》を整えていただけませんか？」

自分が後宮に来た当初の目的を思い出した。

初日の扱いを見ると、賢妃に会うのは難しいように思える。琳麗が会いに行ったところで今のままでは門前払いだろう。

「俺への望みが、菫華《きんか》に会わせるだけというのか？」

邵武はこちらに背中を向けたままだけれど、琳麗の答えが意外なのが声からわかる。

「もとより私は賢妃様に化粧品の売り込みに来たつもりでしたが、宦官《かんがん》と父に騙《だま》されて後宮に入れられたのです」

いますぐに市井に戻してほしいと願ってもよかったのだけれど、さすがにそれは許されるとは思わない。

客観的にはすでに皇帝と一夜を共にしたことになっているからだ。お手つきとなったら身籠もったかもしれない扱いとなるので、後宮を出られない。

「自らの意思に反して後宮に来た妃《きさき》か……使えるな……」

ぼそりと邵武が呟《つぶや》いたけれど、最後の方はよく聞こえない。

「邵武様？」

「それは災難だったな。いいだろう。望み通り、菫華にすぐ会わせてやる」

（あれ……意外と協力的で優しい？）

すんなりと望みが通り、拍子抜けしてしまう。もっと価値のあるものがないのかと言われるかと思っていた。

「近い日に、玉樹を使わして、菫華のところまで案内させる。それでいいか？」

「引き合わせていただけるだけで大丈夫です。ありがとうございます」

これでお勤めを一度は果たしたことになるわけだし、今後一年間、邵武から寝所に呼ばれなければ後宮を出られる。

それまで時間と暇はたっぷりとある。ゆっくりと賢妃を始めとした妃や妃嬪に商品を売り込んでいけばいい。

思いもかけない流れで、すべてが上手く行ってしまった。

「寝る前に、最後に一つ忠告しておいてやる。董華は後宮内でも厄介な妃だ」

話は終わったとばかり思っていると、邵武が付け加える。

厄介という表現は気になるけれど、おそらく負けん気が強くて軋轢《あつれき》を生みやすいという意味だろう。それはそれで綺麗《きれい》になりたいわけで、売り込みやすいはずだ。

琳麗は賢妃と競うつもりもないのだから、問題ない。

「感謝いたします、おやすみなさいませ」

男性と同じ寝台にいるという緊張する状況だったけれど、今夜の任務をすべて達成できた高揚感が心地良い。

しかも皇帝の寝台だけあって、寝具はふっかふかで気持ちがよい。

（眠っては……だ……め……）

気づいたらうとうとしてきてしまい――。

次に目を覚ましたら朝になっていて、邵武の姿もない。慌てて衣服を確認したけれど、一切乱れてはいなかった。

※　※　※

周囲が明るくなったのを見計らって、邵武は寝所から出た。

すぐに待機していた宦官達がついてきて、別の房間《へや》で着替えを済ませる。次に清瑠殿にある執務を行う房間に邵武は向かった。

そこでは当然のように右腕の玉樹が控えている。

早朝から二人で執務を行うのが日課だ。

邵武が皇帝になってから腐敗した役人や古い考えの老人達を追い出した結果、自ら処理すべき事柄が山のように積まれていった。

初めは国を変えるとはこれほど難しいのかと後悔もしたものだが、優秀な人材が徐々に育ってきているので、数年もすれば大部分の執務が邵武の手を離れていくだろう。

今、曄燎国《ようりょうこく》は変わりつつある。邵武の見立てでは正しい姿へと。

「お前の言った通り、確かに面白い女だったぞ、琳麗は」

「それはようございました」

主が上機嫌でも、玉樹は不必要な言葉を付け加えて自らを賞賛したり、必要以上に持ち上げたりはしない。時々皮肉めいた発言はあるが、それはお互い様だろう。

「これで顔があれでなければ、側においたかもしれない」

「顔、ですか？」

玉樹が首を傾《かし》げる。

邵武の趣味は知っているはずなのに、皇帝の右腕である宦官は今回は珍しく読み違えたのだろうか。

好みとは主観的なものであり、時に他人には理解も判別もできないのだから、それも仕方がない。

（まあ、顔はたいして重要ではない）

「だが、使える。あいつは使える」

にやりと口元を緩ませる。

「琳麗様のどの点がそう思わせるのか、お聞かせ願えますでしょうか？」

「まずは……そうだな、皇帝の寵愛を欲していない」

後宮にいるほぼすべての妃嬪は、皇帝の寵愛を受けようと躍起になっている。寵愛はそのまま権力に繋《つな》がるのだから、必死になるのはわからなくもない。けれど、邵武としては面白くない。おいそれと望みを叶えてやるつもりにはならなかった。

思い返してみれば、寝所で妃の誘いを躱《かわ》さずに済んだのは久しぶりのことだ。それどころか、逆に邵武から彼女に誘いを掛ける形になった。

後宮が閉じる直前に強引に入ってきた妃の化けの皮を剝ぎ、どんなに我が強い女なのか、もめ事を起こす者ではないか確かめるためだったのだが——。

驚くことに、彼女はまったく靡《なび》かなかった。

理由は最後に自ら言っていた通り、琳麗は望まずに後宮へと入れられたからだろう。そして、口にはしなかったが後宮を出たいと願っている。

「加えて、度胸といい、賢さといい、あの役目にはぴったりの妃だ」

「後宮を縮小させる件ですね」

察しの良い宦官の言葉に頷《うなず》く。

秘密裏に、邵武は後宮の規模を小さくすることを画策していた。

暐燎国は平和に慣れ、太り過ぎた。中央・地方問わず役人の汚職が横行し、意味がないのに手間と金ばかりが掛かる仕来りや行事ばかりが増えていく。

その最も無駄な場所が、後宮だった。予算と規模は年々膨れあがって、今では無視できないほどになっている。

数年以内にどうにかしないと、国は民から取り立てた税で借金を返すことになる。

そんな状況で隣国が攻めてきたら——目も当てられない惨事となるだろう。

(しかし……まさか同じことを考える者が後宮内に現れるとはな)

琳麗の後宮に対する意見は、まさに邵武が考えていたことと一致していた。しかも彼女はさらに商家の知識から商売へと昇華してみせたのだ。

普通の、しかも並の女性にできることではない。

男であったなら、すぐに文官に取り立てたいところだ。実際、後宮の縮小については、邵武は彼女の案を修正して取り入れるつもりだった。

「また私が突《つつ》きに行かされるのですね」

諦めた様子で玉樹がため息をついた。

邵武は古い制度に斬り込む際、必ずと言っていいほど玉樹にやらせてきた。

彼ほど信頼できる者が他にいないからだ。

だが、本人からしたら厄介事ばかり頼まれるのだから、ため息の一つもつきたくなると

「安心しろ、今回は駒が優秀だからお前の仕事は少ない、かもしれない」

いうものだろう。

「畏《かしこ》まりました」

逆に琳麗が後宮を混乱させるだけで収拾がつかなくなる、という可能性もある。

（その時は、適当に妃嬪《ひひん》をまとめて処分して強引に減らすだけだが――）

できるだけ穏便な方法を用いたかった。

後宮は外からは閉じているのに、皇帝の跡継ぎや警護という重大なことにかかわっていることから、権力闘争に利用されやすい。強引に事を進めれば、邵武であっても思わぬところで足をすくわれかねない。

「琳麗を賢妃の元に連れて行け。引き合わせたらお前は戻ってきていい」

「見届けて、邵武様に報告せずともよろしいのですか？」

意外だったらしく、玉樹が命じたことを確認してくる。

「それは琳麗に直接やらせるからいい。その方が面白いからな」

「また邵武様のたちの悪い癖が……」

琳麗と賢妃が、皇帝の命で強引に顔を合わせたらどうなるのか。

邵武は結果を聞くのが今から楽しみで、玉樹の小言は耳に入らなかった。

三章　悪女なる賢妃へ売り込みを

琳麗《りんれい》は朱花宮《しゅかきゅう》を緊張しながら歩いていた。

前を行くのは、皇帝のお付きの宦官《かんがん》である玉樹《ぎょくじゅ》だ。

清瑠殿《せいりゅうでん》で一夜を過ごした翌日、邵武《しょうぶ》は約束通り彼の宦官を迎えに使わし、琳麗を賢妃《けんひ》の元へと案内してくれた。

琳麗は両手で三段重ねの化粧箱を持ち、その他の売り込み用の荷物は玉樹が軽々と抱えている。

今回、瑛雪《えいせつ》は連れていない。賢妃が一人で来るようにと指定してきたからだ。

「さっさと参りましょう、玉樹様」

元のくせなのか、わざとなのか、彼がやけにゆっくりと歩く一方、きょろきょろとする琳麗はつい早足になってしまい、何度も前を歩く玉樹とぶつかりそうになる。

「皇帝の使いであるわたくしが、後宮で忙《せわ》しない姿を見せるわけにいきません。何事が起きたのかと皆が浮き足立ってしまいますから」

「確かにその通りかもしれないけれど……」

堂々とした様子の玉樹とは対照的に、琳麗は地に足がつかない心地だった。

房間を出た時から視線をあちらこちらから感じ、落ち着かない。それらにはあきらかに値踏みや嫉妬が込められていて、石でも投げられないか不安で仕方なかった。

一緒に外へ出るまで気づかなかったけれど、玉樹は後宮内では一目置かれた存在らしい。

女性も羨む美しい容姿で、かつ皇帝の側で仕えているのだから、当然だろう。

それが寝所に呼ばれたばかりの妃《きさき》と歩いているとなれば、嫉妬されないわけがない。

「夜は堂々としたご様子だったと、お連れした宦官から聞きましたが？」

「あの時は……夜だったので」

確かに、夜伽で清瑠殿に向かう間も多くの視線を感じた。けれど、化粧をしている時の琳麗ならば、そのぐらいのことでは動じない。

一方、今の琳麗は、化粧なしのぼんやり顔だ。

騙《だま》されて連れてこられた時は、賢妃に売り込もうと気合を入れて化粧をしていたのだけれど、今は自分も妃の一人で、彼女より目立っては角が立つと思い、素顔のままにしたのだ。

ひそひそと悪意のある囁《ささや》きが、琳麗の耳にも届く。

「あの、ぼんやり顔が充儀？」

「あれなら、わたくしの侍女のほうがましよ……褒美に願いを聞いて貰《もら》えるなんて、寝所での特別な技でも仕込まれているのかしら」

琳麗の胸の奥底に、ちくりと引け目の感情が蘇《よみがえ》ってきたけれど、口を結んで何でもない顔を装う。

ちなみに、玉樹とはこの顔でしか会ったことがない。

房間に来た時は、すっぴんであったし、皇帝の伽《とぎ》へ案内した宦官は別の人であったから。

「後宮で暮らすなら嫉妬の視線ぐらいのことには慣れて頂かないと」

「そうですか……」

玉樹の冷ややかな反応に、肩を落とす。

「きっと今後も注目されるでしょうし」

「えっ？」

最後の一言が気になったけれど、玉樹はすでに前を向いていて聞けなかった。

また何か話せばそれだけ進みが遅くなるので、無言で彼の後をついていく。

妃の住む各宮は大まかなところは同じ造りをしている。

四合院《しごういん》と呼ばれる造りで、中央に庭があり、その四方を妃の各房間となっている長屋がぐるりと囲む。

市井でも同じような造りをした邸《やしき》は多々あるけれど、後宮はその規模が段違いだった。中庭の規模は花園と言っても過言ではなく、一つの宮にある房間《へや》の数は百を超える。

一番奥、庭を隔てて入り口の正面にある四夫人の房間まで行くにはかなりの時間を要することになっていた。

その間、琳麗は各房間からたっぷりと値踏みされ、睨《にら》まれ、呪われることになる。

「やっと……ついた……」

賢妃のいる房間に着いた時には、疲労困憊《ひろうこんぱい》になっていて、思わず安堵《あんど》の声をもらしてしまう。

「では、わたくしはここで」

「中までついてきてはくださらないのですか？」

立ち去ろうとする玉樹に、つい縋《すが》るように言ってしまう。

確かに皇帝の命で連れてきたという体が必要だったので、玉樹はすでに十分過ぎるほど役目を果たしたと言える。

「陛下よりご案内したら戻るように仰せつかっております」

「わかりました。ここまでありがとうございました」

仕方なく、戻っていく彼の背中を茫然《ぼうぜん》と見送る。

しかし、すぐ我に返ると、琳麗は自らの頬を両手で軽く叩《たた》いた。

「これから商談なのだから、気合を入れないと！」

賢妃への売り込みが失敗したら、騙されたとはいえ、後宮に来た意味がなくなってしまう。

（その時は他の妃に突撃するだけだけれど）

一人になって、いつもの調子を取り戻すと琳麗は賢妃の房間の前に立つ。

「充儀でございます」

「入りなさい」

声を張り上げると、椿《つばき》の彫り細工が見事な扉が左右に開く。

奥の椅子に座る賢妃らしき人物とすぐに目が合った。

（な、なんだか、いきなり睨まれてない？）

ぱっと目を逸《そ》らすと、琳麗は下を向きながら房間に入る。

すると、後ろでバンと大きな音がしてびくっと身体《からだ》を震わせた。

入り口の左右に控えていた侍女達が扉を閉めただけらしい。まるで逃げ道を塞がれたように思えるのは気のせいだろうか。

さすがに皇帝の命で引き合わされているので、手荒なまねはしない……と思いたい。

「このような機会をいただき、誠にありがとうございます。賢妃様、初めてお目に掛かります。新しく充儀となりました皐家《こうけ》の琳麗と申します」

挨拶をしてから顔を上げる。

琳麗はいつもの癖で、客である賢妃の顔をじっくり観察した。

(なんて羨ましいお顔!)

彼女は、確かに同郷の間で噂《うわさ》になるほどの美人だった。

年は二十代前半だろうか、小顔で、大きな目に長い睫毛《まつげ》、鼻筋は上品にすっと通っていて、唇の形もいい。

銀色の髪は美しく、赤みがかった瞳は印象的で、肌はあまり化粧していないように見えるけれど、透き通るように白い。

何より尖《とが》った顎の線や全体的な均衡が素晴らしかった。

文句のつけようがない。しいて言うなら、少し痩せすぎているのと、目の下にうっすらと隈《くま》があること、不機嫌そうな表情ぐらいだろうか。

化粧をしなくても十分美人なのだけれど、琳麗には、彼女に今よりもっと男性を惹《ひ》きつけさせる、後宮化粧を施す自信があった。

「閉まる直前、滑り込むようにして後宮へ入ってくるなど、貴女《あなた》は陛下に対して失礼だとは思わないのですか！」

賢妃が、丸い綿団扇《うちわ》で琳麗をビシッと差す。

その時に上襦《じょうじゅ》の長い袖が大きく揺れ、真紅の生地に見事な宝相華《ほうそうげ》の刺繡《ししゅう》が躍る。

襴裙《らんくん》は菫色《すみれいろ》に金の荷花《かか》模様で、賢妃らしい華やかな装いであった。

（怒った顔も美しい！）

琳麗は恐縮よりも、化粧への好奇心が勝った。

賢妃をもっと、絶世の美姫《びき》にするには……！

まずは目元や鼻筋などを強調して、賢妃の良さをさらに引き出す。

「何とか言ったらどうですか？」

唇は紅で艶《あで》やかにふっくらと見せて、白い頰は少し赤みを足すことで健康的に見えるはずだ。

「充儀！　琳麗とやら！」

「た、大変失礼いたしました」

賢妃を化粧でさらにどう美しくするか考えるあまり、彼女から話しかけられていることに気づくのが遅れてしまった。

「わたくしの言葉を無視するなど、やはりとても厚かましい方のようですね」

「申し訳ありません。つい賢妃様にどのような化粧を施したら、よりお美しさを引き出せるのかと考えてしまって」

琳麗のようにぼんやりな顔面を別人にするのも面白いけれど、賢妃のような素材の素晴らしい美人に、さらに高みを目指す化粧を施すことにも腕が鳴る。

「化粧？　あの色付きの泥を塗りたくるもの？」

（はっ……？　化粧の悪口？）

「……今、何と？」

賢妃の言葉は琳麗にとって、禁句のようなものであり、聞き捨てならない。

「何度でも言って差し上げましょう。あの色付きの泥を塗りたくるようなのは、自らが醜《しこ》女《め》だと皆に言っているようなもの。まったくの無駄なあがきです。わたくしには必要ありません。ふふふ……」

勝ち誇ったように賢妃が再度、化粧のことを泥と表現する。

彼女に同調するように侍女達が笑い始める中、琳麗はこみ上げてくる怒りを抑えることができなかった。

親を馬鹿にされても構わないが、化粧を馬鹿にされては黙っていられない。

気づけば、賢妃の方へと一歩踏み出していた。

「な、なによ?」

「では、本当に化粧がただの色付きの泥か、見せて差し上げます」

賢妃も周囲の侍女達も、琳麗の気迫に押されている。

「私の顔がどう変わっていくか、見逃さないでください」

持ってきた荷物を床に置くと、膝をつき、手前にシュッと敷布《しきふ》を広げて、手際よく化粧箱から道具を取り出して並べていく。

それを見た侍女達から「あんなにたくさん、大変ね」「あのぼんやり顔ではねぇ」など揶揄《やゆ》する声が聞こえてくるけれど、琳麗は気にせずに手を動かした。

下地を伸ばして、あっという間に雀斑《そばかす》を隠し、顔に陰影を入れていく。

素肌を隠さず生かす方法もあるけれど、賢妃と侍女が相手ではわかりやすいほうがいいだろう。

侍女達がハッと息を呑《の》むのがわかった。

(まだまだ、これから)

三色の鉱石粉を使い、より目が大きく見え色気が出るよう濃淡をつけつつ、目元を艶やかにする。

そして、目の上に油煙墨《アイライナー》で線を一筆で引く。目を伏せて乾かしている間に、頬紅を頬骨の高い位置へとふわりと置く。最後に、華やかな赤い口紅を筆で躊躇《ためら》わずに勢いをつけて塗った。

琳麗の化粧の手際の良さは一級品だ。瞬く間にぼんやりとした顔が、賢妃にも引けを取らない化粧美人に変身する。

「あ、貴女《あなた》」

「嘘《うそ》……綺麗《きれい》……」

みるみる変わっていく顔と、職人技の筆捌《さば》きに、賢妃も侍女達も完全に吞まれていた。

油煙墨の線が乾いたところで、琳麗はぱちりと目を開けて凄《すご》んだ。

「さあ、いかがです？　これでも化粧を色付き泥とおっしゃいますの？」

（見なさい、これが化粧の力よ！）

筆を置くと勢いよく立ち上がり、賢妃を睨みつける。

「た、多少はましにはなったんじゃない？」

今度は賢妃の方が琳麗から目を逸らして強がりを口にする。しかし、そこには先ほどまでの傲慢さも自信もなかった。

「菫華《きんか》様、私はそんなことを聞いておりません。化粧が泥か、泥でないか、どちらかと聞いているのです。きちんと相手の言葉を理解した上で返答なさったほうがよろしいかと。そんなことでは御里が知れます！」

「ぶ、無礼よ。許していないのにわたくしの名前を呼ぶなんて。そもそも貴女とわたくしは同郷で――」

「だ、か、ら、そんなことを聞いてはいません！」

さらに一歩踏み出して、菫華に迫る。

(私は悪く言われてもいいけれど、化粧を貶《おとし》める発言は許せない！)

「わかった、わかったわ。撤回してもよくってよ。たしかに、泥ではないわね」

ついに化粧をした琳麗の圧に負けた菫華が謝罪する。

「いいでしょう。ただ、これだけは言わせていただきますから」

「ひゃっ！」

びしっと琳麗が菫華の目元を指で示したので、彼女が悲鳴を上げる。

「お顔に触れる許可をいただいても？」

「……よくってよ」

おずおずと菫華が頷《うなず》くなり、琳麗は化粧直しを始めた。

「まず目元！　適当にうっすい線を引くだけでは駄目ですわ。元が大きくても、目元の線は、はっきりと強調するように。隈なんてとんでもない、自然に馴染《なじ》ませる！」

新品の道具と化粧品を取り出し、左右それぞれ一筆で、菫華の目元を直していく。

「唇はもっと艶を出して、色も駄目、全体の調和を考えて！　ちゃんと考えて、愛を持って化粧品に接していますか？　物言わぬ彼女たちですが、愛があれば寄り添ってくれるのです。こんな風に——」

紅筆で、赤い口紅をふっくらと塗って唇に厚みを持たせる。

「細くて肌が白いのは美点ですが、度が過ぎて青くなっては元も子もありませんわ。血色を持たせるように化粧でうっすら赤くする」

怯《おび》えているのか菫華はぴくりとも動かないが、化粧を施すには都合がいい。

「男性はもっと妖艶で健康的な見た目を好みます。菫華様は化粧だけではなく、食生活から見直しを」

菫華の頬を人差し指で押す。弾力が不足している。

やはり不健康で栄養が足りていないようだ。

「貴女のように素材の良さに胡座《あぐら》をかいているようでは、他の四夫人から大きく劣ることになりますわよ」

化粧直しが終わり、菫華から離れる。

すると、改めて賢妃の化粧後の顔を見た侍女達が一斉に息を呑み、ざわめき立った。

「凄い……お美しい賢妃様が、さらに輝くような美姫となって……」

「確かに化粧をされた方が……」

「これなら陛下もきっと……」

侍女達から賞賛と羨望の声が上がる。

しかし当の本人はというと、なぜか項垂《うなだ》れていた。

侍女が手渡した鏡を見ても、一瞥《いちべつ》するだけで表情が暗い。

「あの……菫華様？　気に入られませんか？」

「いえ、今までで一番綺麗になったとわたくしも思うわ。再現不可能なぐらい」

「……え？」

自信なげに小さな声で答える。

最初の威厳はどこへ言ってしまったのだろう。

「今日はお帰りなさい。気分がすぐれないの。もう……何もかも疲れたわ」

「菫華様、あの……」

心配する侍女達に抱えられるようにして、菫華が奥へと引っ込んでしまう。

追いかけて押し売りをするわけにもいかず――。

琳麗は残っていた侍女達に今日使った化粧品を数点、贈り物だと言って渡し、その場を後にするしかなかった。

自分の房間《へや》に戻った琳麗もまた落ち込んでいた。

「またやってしまった……」

帰ってきて化粧を落とし、事の顚末《てんまつ》を瑛雪に話したところで自分が賢妃にしでかしたことを悟り、激しい後悔の念に駆られていた。

「聞いた限りでは、賢妃様に化粧品を売り込むのは諦めたほうがいいでしょうね」

「もしかすると、化粧をもっと教えてほしいと心変わりしたりしない……かな？」

一縷の望みを込めて、口にしてみる。

「化粧顔で威圧されて、悪いところを色々と指摘されたとしてもですか？　しかも、その相手が、皇帝の命で彼の宦官《かんがん》が連れてきた自分よりも下の位の妃《きさき》、ですよね？」

「でも、化粧品は一応置いてきたわけだし、興味を持って触っていただければ……」

食い下がったけれど、瑛雪は無情に首を横に振る。

長い付き合いの侍女は、気休めなど言ってくれない。

「あぁ……せっかく今まで順調だったのに」

賢妃に嫌われれば、朱花宮では針のむしろで、暮らしづらくなるだろう。

その上、他の四夫人に化粧品を売り込みにいかなくてはならないけれど、他の宮に出入りする理由から見つける必要がある。

「これからどうしよう……」

ただ一つ思いつくのは、他の四夫人に会わせてほしいと邵武に頼むことだ。

(そんなことをしたら、また市井に戻るのが先になる)

万策尽きて、がっくりと肩を落とす。

「琳麗様は房間にお戻りでしょうか？」

もういっそのこと、後宮への化粧品の売り込みも諦めて房間に籠もるかと思っていたところで、誰かが尋ねてきた。

瑛雪が房間の扉を開けると、そこには玉樹が立っていた。

「はい、いらっしゃいますが……どのようなご用件でしょう？」

嫌な予感しかしないけれど、追い返すわけにはいかない。

「どうぞお入りください」

「いえ、陛下のお言葉を伝えに来ただけですので、ここでかまいません」

すぐに戻らなくてはいけないのだろう。

逆に琳麗が戸口に近づくと、やや抑えた声で彼が言った。

「『よくやった。話を聞きたいから明日の夜に来い』と」

「夜に来いとは？　どこへでしょうか？」

何となくわかったけれど、自分の口からは言いたくなくて玉樹に尋ねる。

「もちろん、陛下の寝所にございます」

（あぁ、これでまた後宮を出る日が遠のく）

他のことならまだあれこれ理由をつけてやんわり逃れられるかもしれないけれど、さすがに後宮の妃が寝所に来いという皇帝の命を断るわけにはいかない。

肩だけでなく、頭までがっくりと落ちる。このままだと死人になってしまうだろう。

「承りましたとお伝えください」

琳麗は何とか体裁だけは整えた。

「では、失礼させていただきます」

玉樹はそれに対して何も指摘せずに去って行く。遠くを見ていたくて、琳麗はいつまでも彼を見送る体を取った。

「琳麗様、お気持ちはわかりますが、逃避しても何にもなりませんよ」

「そ、そうよね」

やはり慰めの言葉さえ、琳麗の侍女は言ってくれない。

「それにしても話を聞きたいとは何の話を、でしょうか？」

また後宮についての議論をしたいのだろうか。

そういえば、玉樹は邵武の伝言として『よくやった』とも言っていた。あれは何に対しての賞賛なのだろうか。

賢妃には会ったけれど、化粧品を売り込むことにはほぼ失敗したわけで、琳麗はまだ後宮で何も為《な》してはいない。

「まあ、行けば分かるはず」

琳麗は自分に言い聞かせるように呟《つぶや》いた。

答えが分からないことを長々と考えるのは時間の無駄だ。

琳麗は気持ちを切り替えると、その日は好きなこと――新しい下地用の粉の調合に取り組むことにした。

翌晩、琳麗は前回と同じように化粧を施し、萌黄色《もえぎいろ》の練り絹で襟元に蚕紋の柄が入った夜着を身に付けると、宦官の誘導で清瑠殿に足を踏み入れた。

つい先日来たばかりなので、迷うことなく回廊を通って寝所の前までたどり着く。

今度は扉が開いていて、邵武の姿が見えた。前回と同じように寝台にあぐらをかいて、書物を読んでいる。

「充儀、陛下の命により参りました」

「来たか、待っていたぞ」

入り口で挨拶をすると、邵武が顔を上げて入れと手招きする。

頭を下げると、寝所に入る。やはり少し迷ったけれど、前のようなやりとりを繰り返す意味がないと思い、直接寝台へと向かった。

「お前ならとは考えていたが、よもや命じる前に片付けてくれるとは思わなかったぞ」

「どういう意味でしょうか？」

寝台に腰掛けたところで、いきなり上機嫌で言われる。

「あぁ、そうか。お前はまだ知らないのか」

「ですから、何がでしょうか？」

皇帝であっても動じない化粧顔の琳麗は、やや強めに尋ねた。

「昨日、菫華が後宮を出て行ったぞ」

「えっ!?　賢妃様が？　一体なぜ急に？」

邵武の言葉に目を丸くする。

彼女は邵武のお手つきが一年以上なかったというのだろうか。賢妃の地位の女が、後宮を即出ていくことが許されたのは意外だったけれど、問題はそこではない。

偶然かもしれないけれど、賢妃が去ったのは、琳麗が化粧品の売り込みに行った日だということだ。

「決まっているだろう。お前と話したからだ」

「私は追い出してなどいません！」

確かに化粧品を馬鹿にされた怒りのあまり、やり込めてしまった感はあるけれど、追い出した、なんてつもりはない。

「まあ落ち着け。俺は怒ってなどいない」

「では、むしろ賢妃様がいなくなるのは邵武様にとって都合がよかった？」

邵武は満足そうに首を縦に振る。どうやらこれが玉樹から聞かされた『よくやった』に繋《つな》がっているらしい。

そこまで考えたところで、前回彼と論じた内容を思い出す。

「あっ！　後宮の無駄をなくすために……」

「察しがいいな。聡《さと》い者は好きだぞ」

さすがに不敬なので、別に邵武に好かれたいわけではないという言葉をぐっと飲み込む。

「申し訳ありませんが、詳しく話していただけますか？」

何となくわかったけれど、改めて彼に説明を求める。勝手に琳麗を巻き込んだのだから、そのぐらいの責任はあるだろう。

「いいだろう。俺は皇帝の座についてから、様々な悪《あ》しき習慣に手をいれてきた。役人への賄賂しかり、無意味で金ばかりかかる行事しかり」

「今度は後宮の番が来たというのですね」

邵武が琳麗の言葉に頷《うなず》く。

「まずはお前が以前言ったように人数をざっくり半分にしようと俺も考えていた。そして、追い出すべき妃の候補を一覧にさせたところ、一番上に名前があったのが菫華だったというわけだ」

「そんなに問題のある方だったのですか？」

確かに初めの方は苛々《いらいら》していて、高圧的だったけれど、あれは琳麗に対してだけというわけではなかったらしい。

美しさは秀でていたというのに、もったいない。

「寝所に呼ばれないのが気に入らなかったらしく、最初は侍女に当たるだけだったのだが、やがて永寧宮《えいねいきゅう》に来た新しい妃を虐《いじ》めて追いつめるようになった女だ」

琳麗の房間が散々な有様《ありさま》だったのも、その一端だったようだ。

「菫華に俺の好みではないから後宮をさっさと出ろと伝えたのだが、意地になって、逆に居座るようになって困っていた」

（言い方もあったのでは？）

自尊心が強い賢妃としては、市井に戻ることも許せなかったのだろう。

「そいつをたった一度会っただけで、お前は後宮から追い出した。凄《すご》いことだ」

（心身ともにただ疲れていただけでは……？）

どちらにしろ、傷ついていた自尊心に琳麗がとどめの一撃を加えたことは間違いない。

自業自得なところもあるけれど、何だか彼女が可哀想《かわいそう》になってきた。あとで実家に連絡して、それとなく合う化粧品を定期的に贈っていこう。

そのぐらいしないと申し訳がない。

「私を賢妃様に引き合わせてくださったのは、そんな意図があったからなのですね」

琳麗はじろりと邵武を睨《にら》みつけた。

勝手に利用されたと知ったら、さすがに気分が悪い。

「待て、待て。思い出せ、俺は誘導さえしていない。菫華に会わせろと言ったのは、お前からだったろう」

そう言われると、彼は褒美をやると言っただけで、それに対して、賢妃に会わせてくれと願ったのは自分だ。

「菫華を追い出すよう、後々、お前に動いてもらおうかと思っていたのは否定しないが」

「うっ……」

彼は正直に思惑まで話してくれたので、強くは言えなくなる。

ここは勝手に思惑通り動いてしまった自分を責めるべきだろう。

「わかりました。この件はもう結構です。では、失礼いたします」

「話はまだ終わっていない！」

また何かに巻き込まれる前に、さっさと去ろうとしたけれど、袖を摑《つか》まれてしまう。

「放してください。何も聞きたくありません」

「いいや、聞いてもらう」

全力で扉に向かおうとしたけれど、邵武は放そうとしない。

男性の力に勝てるわけもないし、仕方なく琳麗は力を抜いて邵武の方を振り向いた。

「早くおっしゃってください。こう見えても私は忙しいのです」

後宮で皇帝の相手よりも優先すべきことがあるはずはないのだけれど、邵武はつっこんでこない。そして、楽しげな様子で口を開いた。

「琳麗、後宮一番の大悪女をやらないか？」

「……はっ？」

思わず、まじまじと邵武の顔を見てしまう。

「おっしゃる意味がまったくわかりません」

「お前は後宮を出たいのだろう？」

「なぜそれを……」

ハッとして口を手で塞ぐ。これでは認めたことになってしまう。

「出たいなら特例で俺が出してやる」

「………」

飛びつきたいところだけれど、琳麗は彼の言葉を警戒した。

「何が目的ですか？　まさか……」

「そうだ。菫華と同じように他の妃《きさき》も後宮から追い出せ。皇帝の寵愛《ちょうあい》を一身に受ける、後宮一番の大悪女として」

賢妃が出て行った今、放っておけば、新しい賢妃の座をめぐって妃達の争いが始まるだろう。

琳麗が皇帝の寵愛を受けたと公にすることでそれらを牽制《けんせい》しつつ、他の妃を追い出す汚れ役を彼女にやらせようという腹づもりらしい。

そうすれば皇帝への不満には繋がらず、後宮も縮小できる。

何ともずる賢いやり方だ。実家には戻りたいけれど、簡単に乗っかるわけにはいかない。

「そんなことをして、私に何の利点があるというのですか？」

頭の中を商談時のものに切り替える。

「お前は化粧品を後宮に売り込みたいのだろう？　だったら俺のお気に入りになれば、妃なら誰でも、それこそ四夫人であっても無視できなくなるだろう」

寵愛を受けているということで、興味を持たれるには違いない。もちろんその分、敵視もされるだろうけれど、現状もたいして変わらない。

きっと後宮を闊歩《かっぽ》するのも、妃嬪《ひひん》への売り込みもやりやすくなるはずだ。

「無事に後宮の人数を半分にしたら、お前が提出する後宮から出る嘆願書に必ず許可を出そう」

彼の話から推測すると、正式に後宮から出る手順としては、お手付きにならずに一年過ごした上で、嘆願書を出し、さらにそこへ邵武の許可が必要であるらしい。

それはすなわち、彼を敵に回せば、一年経《た》っても、出ることさえ叶わないということだ。

癪《しゃく》だけれど、提案に乗るしかないかもしれない。あとはどれだけ有利な条件を引き出せるかだけれど……）

琳麗は頭の中でそろばんをはじいた。

「半分と言いましたが、具体的には誰かに数えさせるのですか？　どの時点からをおっしゃっているのですか？」

契約条件の明確化は商談の基本中の基本だ。

「そうだな……四夫人を二人にまで減らしてくれればいい」

後宮の妃嬪の多くは四夫人に仕える侍女や、その取り巻き達だ。後ろ盾を失い、皇帝の寵愛などほど遠いと思えば、彼女達は勝手に後宮を出て行くだろう。

「賢妃様はもうおられないので、残り一人ということでよろしいですか？」

「ああ、今はそれで相違ない」

一人追い出せばいいのであれば、困難とまではいえないだろう。中には話せば後宮を去ってくれる者もいるかもしれない。

「何か必要なものがあれば？」

「もちろん、後宮への持ち込みに問題がない物なら用意させよう。したいことがあるなら、宦官《かんがん》に手伝いもさせよう。できる限りの手助けはする」

過度に頼るのは危険なので、必要な時だけに限られるだろうけれど、かなりの好条件に思える。

少なくとも後宮での暮らしはだいぶ快適になるはずだ。

「では、最後にお聞きしたいのですが、初めにおっしゃっていた……後宮一番の大悪女とは一体何なのです？」

「後宮一の悪女を追い出したのだから、お前が後宮一番の大悪女だろう」

琳麗はふぅと大きく息を吐いた。

自分が後宮一番の大悪女と呼ばれるなんて——。

（最高の売り文句！　何とも楽しそう！）

この機会を逃せば二度とないだろう。

後宮内でも、後宮を出た後でも、後宮の大悪女という派手な称号は化粧品の宣伝に一役買うはずだ。

「やりましょう！　後宮一番の大悪女となってみせましょう！」

初めは身構えていたのに、気づけば彼の提案に乗ってしまっていた。

自信は漲《みなぎ》るが、その分感情が高ぶりやすく、すぐ血をたぎらせてしまうのが、化粧をした琳麗の大きな欠点だった。

四章　一目置かれた妃嬪と雀斑娘

琳麗《りんれい》が賢妃《けんひ》の菫華《きんか》を追い出したという噂《うわさ》は、あっという間に広がった。

後宮中が、その話で持ちきりである。

「あの、ぼんやり顔の充儀《じゅうぎ》は、化粧をすると別人になるらしいわよ」

「賢妃様が逃げ出すほどの美貌であるとか！」

「連続で陛下がお召しであるとか……皇帝の寵愛一身じゃないの。伽《とぎ》でねだって賢妃様を追い出したのでは？」

噂は侍女から妃嬪へと伝わり、下働きの宮女、宦官までその話題で持ちきりだった。

宦官へは、邵武《しょうぶ》が玉樹《ぎょくじゅ》を使って意図的に広めた部分もあったけれど、琳麗はたちどころに、皇帝お気に入りの悪女という肩書きを手に入れていた。

もちろん、この機会を逃すわけにはいかない。

琳麗は邵武の力を最大限利用し、まずは化粧品の実演販売を企画した。

永寧宮《えいねいきゅう》掌握への第一歩だ。これをきっかけに顔見知りをつくり、そこから目的に向けて計画を練るのだ。

新参者の九嬪《きゅうひん》である充儀の琳麗は、後宮に知り合いの女性はいない。今の自分に必要なのは情報だ。女性が集まる実演販売会では噂を集めることができるし、何よりも野望を果たすことも、兼ねられる。

――後宮への化粧品の売り込み！

ばっちりと化粧をした琳麗は、自ら宴房間《うたげべや》の前に立って、客人を出迎えた。

そこには、鏡台が設置された卓がずらりと並べられていて、三人に一つずつ三段重ねの化粧箱が置かれている。実物を手に取って試してもらうための用意だ。

四夫人であれば、一つずつ贈ってもかまわないけれど、まだ会える気はしない。

そのあたりは、少々守銭奴にならなければ、赤字である。

代わりに、誘い文句は気前よく、手広くした。

来たれ！　永寧宮の変わりたい貴女《あなた》。

妃嬪でも、侍女でも、下働きの宮女でも大歓迎！

後宮一番の悪女で、陛下のお気に入りの琳麗が自信を持てる化粧の仕方を教えます。

手ぶらでどうぞ。もちろん、今使っている化粧品の持ち込みも可能です。

化粧のお悩みから、心身のお悩みまで、寄り添って指南いたします。

参加者全員に、皐家《こうけ》の口紅を進呈いたします。


いきなり四夫人の残り三名、貴妃《きひ》、淑妃《しゅくひ》、徳妃《とくひ》が来てくれるなんて思ってはいない。

まずは、その馬を射る！

こうした催しを開けば、様子見のため侍女を忍んで来させるはずだ。

また、後宮に入るぐらいの侍女や宮女である。それなりに化粧に興味もあるだろう。

——それから、琳麗の心からの望みもあった。

永寧宮の中に、昔の琳麗みたいに化粧に悩む誰かがいたら、力になりたい。

まずは、侍女や宮女から……。

侍女や宮女が一堂に会するとなれば、妃嬪も四夫人も同じ席に着くことはないだろう。

だから、物で釣る誘い文句も入れてみることにしたのだ。

(出だしは、好調ね)

琳麗は、宴房間の入り口で、すでに十名ほどの侍女と宮女を出迎えていた。

纏《まと》うのは鳳戯牡丹《ほうぎぼたん》が描かれた紅樺色《べにかばいろ》の襦裙《じゅくん》で、透ける藤紫色の披帛《ひはく》を天女のように合わせ、化粧は濃い目に施している。

めかした美人に好意的な視線を向けられて、悪く思う人はそんなにいない。

琳麗は両手で歓迎の握手をして、その手にいきなり口紅を握らせていく。

「ようこそ」

「あっ……！　本当にいただけるのですか、わぁ……綺麗《きれい》な紅……」

化粧っ気のない、地味な衣をまとった下級宮女にも、分け隔てなく微笑《ほほえ》む。

こうすることで、遠巻きに様子を見ている者が来やすい雰囲気を出す。

とりあえず、この場所に来れば、気前よくタダで紅が貰《もら》えるのだ。

琳麗の作戦は功を奏し、参加者はどんどん増えていく。

自前の化粧品を持ち込む真剣な者もいて、琳麗はとびきりの笑顔で出迎えた。

(同志よ！)

やがて、宴房間の前に誰もいなくなり、琳麗は手伝いの宦官に扉を閉めるように指示を出した。

――さて、始めるとしますか。

後方から宴房間を見回すと、おそらくは五十人ほどの出席者がいた。

色とりどりの衣は、まだ琳麗が把握していない色合いもあり、多くの宮から来てくれているように見える。

驚くことに妃嬪も二名、昭媛《しょうえん》と修容《しゅうよう》が来てくれていた。きっと、同じ九嬪として、琳麗を敵か味方か見極めるためなのだろう。

二人は同じ朱花宮《しゅかきゅう》の妃嬪である。

これまで、賢妃の取り巻きであったならば、次に誰に付くかは大事なところだ。

（なかなかの滑り出しだわ）

琳麗に背後から見られていることにまだ気づかない彼女達は、貰ったばかりの紅の蓋を開けたり、鏡台をのぞき込んだり、恐る恐る化粧箱を開けたりしていた。

期待と好奇心がまざりあった雰囲気に、琳麗の胸が高鳴っていく。

（そうそう、新しい化粧品を前にするとわくわくするわよね）

談笑をしている宮女二人からは、隠す気がない噂話《うわさばなし》が漏れ聞こえてくる。

化粧っ気のある、目の大きな薄柿色の衣を身につけた宮女と、すっぴんで髪もひっつめただけの下働きの茶色の衣をまとった宮女だ。

「琳麗様はお綺麗だったけど、これを使えばあんな風に美人になれるのかしら？」

「すごく時間がかかるんじゃない？　退屈になったら帰っちゃおうかな」

琳麗は二人に近づいて、会話に加わった。

「退出はご自由に。けれど、私は早業の化粧も得意としておりますの。賢妃様の前で行った噂が届いていないかしら？」

「ひっ！　琳麗様、ご無礼をお許しください」

「も、申し訳ありません」

琳麗はひっつめ髪の宮女の肩に手を置いて立たせた。

「許しません！……と言うところですが、貴女に実験台になっていただきましょうね」

腕が鳴る素材である。

「お名前は？」

「っ……杏晶《りんしょう》だけど」

戸惑う杏晶の腕を引き、宴房間の前方の上座へと連れていく。

そこには、並んだ卓とは別に、琳麗専用の化粧台が置いてあった。

「その者は下女です！　上座に置くなどとんでもない」

鋭い声が響き、見ると鶯《うぐいす》色の衣の侍女が立ちあがっている。

上級侍女なのか、魚鼓《ぎょこ》の刺繍《ししゅう》が袖にあった。

後宮の侍女以下は、許される色や意匠の華やかさの度合いが違うのだ。色からすると、翠葉宮《りょくようきゅう》の侍女に見える。淑妃の手の者だろうか。

四夫人直属のお付きの侍女は、衣を統一しているので、恐らくはそうだろう。

「お黙りなさい。ここへ来てくださった皆様は、私の大切な客人です。そして今は私が主宰の集まり。化粧ならあとで教えてあげますから、黙って見ていなさい」

琳麗がぴしゃりと告げると、翠葉宮の侍女が黙り込んだ。

腹を立てて退出しないところを見ると、何が起こるのか見て来いと命令されている侍女のようだ。

「あ、あの……あたしではなく、もっと身分が高くてお綺麗な方で、お化粧を見せたほうが……」

「いいえ、杏晶さんがいいのです」

弱気な声をあげる杏晶を、琳麗は化粧台の前へと座らせた。

おどおどと辺りを見回す杏晶と、三段重ねの化粧箱に手をかける琳麗の様子に視線が集まる。

ざわついていた宴房間は、静かになっていた。

「杏晶さん、貴女の好きな部分を教えて？」

「はっ？　か、顔ですか？　骨ばった頬も、眉の向きも、低い鼻も別に好きじゃありませんよ。見たら……わかるでしょう」

琳麗は抜け目なく観察して推理した。

「では、目はお気に入りなのですね」

「ええっ！　いや、な……何を言ってるんですか、小さくて目つきが悪いってよく指摘されますし」

琳麗は、杏晶を鏡台へ向けるようにして背後から軽く抱きついた。

「けれど、切れ長で睫毛《まつげ》が長いです。実は好きな箇所なのではなくて？　では、それを強調して自信を持っていただきましょう、目を伏せてください」

「なっ、勝手に……！」

「動くと、目の中に筆が入って痛いですよ」

油煙墨《アイライナー》で杏晶の一重瞼《ひとえまぶた》へ線を引いていく。

琳麗と同じではなく、目頭は細く、目じりに向けて太くなるように描いた。

そして、杏晶が硬直しているのをいいことに、油煙墨を小刀で削って小皿へと落とす。

実のところ小刀を持ち込むのに、骨が折れた。こんな小さな刃物でも、後宮では扱いが禁止されているからだ。

「ひっ……な、何をしているんです。あたしが油煙墨の使い方を知らないと思って……」

「化粧品の使い方は自由です。椿油《つばきあぶら》で軽く練るだけですわ」

そうやって粘度をもった油煙墨の削り屑《くず》を、先がギザギザの刷毛になった道具で掬《すく》うように取る。

これは、睫毛の形に沿った特注の刷毛で、杏晶の長い睫毛の先に、油煙墨を絡めて載せるように付けていく。

すると、睫毛が油煙墨の屑により長くなる。

最後に琳麗は杏晶のひっつめた髪を解いて、櫛《くし》で梳《す》いた。

肩ほどの髪を、椿油で前髪もすべて後ろへと流して、整えていく。

ちなみに、特注刷毛も椿油も櫛も、三段重ねの化粧箱に入っている商品である。

「そろそろ、乾いたかしら。杏晶さん、目を開けてみて。でも、絶対に目はこすらないでね」

睫毛に載せた、練り油煙墨の定着のさせ方は、まだ研究中なので、触らない以外に方法はない。

「化け物みたいに、なってませんか……？」

杏晶が恐る恐る目を開けて、息を呑《の》む音と気持ちが伝わってくる。

「えっ、これが、あたし？」

驚きの顔で杏晶が鏡の中の自分と対面している。

「杏晶！　どうなったの？」

さっき談笑していた薄柿色の衣をまとった宮女が声を上げた。

「……こんな風に、なった」

杏晶が皆のほうを向くと、どよめきが上がる。

「えっ！　かっこいい……！」

「目に化粧をしただけなのに、どうして？」

薄柿色の衣の宮女は、大興奮していた。

「どうなっちゃったの杏晶！　すごい、惚《ほ》れちゃいそうな美々しさよ」

琳麗は今の自分と同じ、妖艶な化粧ではなく、杏晶が好きだと思っているところを強調しただけなのだ。

結果として、皇帝に負けないほどの美男子風になった。

「……もっと色々と塗らないといけないと思ってた」

ぽつりと呟《つぶや》いた杏晶に、琳麗は囁《ささや》く。

「あれもこれもと手間を考えると、習い事みたいで嫌になってしまうでしょう？　好きな部分だけ要領よく伸ばして、自分が楽しければいいのですわ。気に入ってくださったかしら？」

「──はい、とても。あの……よければ、眉を整える方法も教えてもらえますか？」

「ええ、もちろんですわ」

また一人、化粧を好きになってくれた宮女が現れて、琳麗の胸に喜びが広がる。

見ていた侍女や宮女から、次々と声が上がった。

「次は、わたしに！」

「使い方を全部教えてくださいっ」

昭媛と修容も、もじもじと質問がある顔をしている。

琳麗は昭媛妃と修容妃から順に皆を回って、それぞれの悩みに親身に応えて、化粧を施していく。

実演販売会は、三段重ねの化粧箱の注文が二十件入って、大成功を収めることとなった。

翌日から、皆が琳麗を見る目が変わった。

房間《へや》には、好意的なものや悪意のあるものが半々の贈り物や手紙が届くし、同じ朱花宮に住む妃嬪《ひひん》として、昭媛と修容が用もないのに遊びに来る。

「お姉さま！」

と、慕われるのは悪い気がしないけれど、琳麗の性格上、化粧をして対応する時に限るので、素顔でのんびりしていられない。

庭を歩けば、誰かに慕うような声をかけられたり、これみよがしに悪い噂《うわさ》をされたりするので、気が安らぐ暇はなくなった。

「……もう、限界だわ」

そんな生活が一週間も続き、琳麗は弱っていた。

「取り巻きも、敵も大勢できましたものね」

侍女の瑛雪《えいせつ》は、ニコニコしながら誇らしげだ。

「今、悲嘆に暮れているところなのだけど？」

琳麗が化粧をした顔で睨《にら》み付けると、瑛雪がおっとりと続ける。

「まあまあ、お友達がたくさんできて、よかったではありませんか。わたしは琳麗様がお化粧のこと以外では房間に籠りきりで、出会いがないことを憂いておりました」

宥《なだ》められているのか、貶《けな》されているのかわからない。

「これで、琳麗様が主上の寵愛《ちょうあい》を受けられたのなら、この瑛雪……もう思い残すことはありま――」

「ちょっと、息抜きしてくる」

琳麗は、四角い小型の銅箱から、ひまし油で油漬けした手巾《じゅきん》を取り出した。

開発中の即席化粧落としである。

顔に載せて、拭き取るだけの手軽さが売りだ。

問題は、使うたびに手巾を洗って乾かして、また油漬けしなければならないことぐらいである。

鏡の中に、雀斑《そばかす》とぼんやり顔の琳麗が現れた。

「瑛雪の衣を借りるわね」

実演販売会以降は常に化粧をしているので、琳麗のすっぴんぼんやり顔を知る者はあまりいない。

手早く着替えた瑛雪の衣は、薄い水浅黄色の地味なものを選んだので、侍女どころか下働きの宮女にも見える。

充儀である琳麗の侍女は瑛雪だけであったので、特に色は決めていないことも幸いした。

「お出かけは結構ですが、見つからないでくださいね。お客様が来たら休んでいることにしておきます。誰かに見咎《みとが》められたら、わたしの名を使ってください」

「ありがとう、瑛雪」

琳麗は侍女に礼を言い、こっそりと房間の裏口から出ることにした。

永寧宮の庭は広い。

建物以外は全部庭となっているのだから、当然である。

橋の架かった大きな池、季節の花が咲き乱れる花壇、紅葉の木に大理石の磨かれた椅子が並んだ休息所まであった。

それから、梅林と桃林がそれぞれ東西にある。

しかし、琳麗が向かったのは、それらの華やかな場所ではない。琳麗にとってだけお宝といえるものを、南の裏庭に見つけていたのだ。

「ああ……やっぱり、御影石《みかげいし》！」

砂利として敷き詰められた一面の石の上へと、琳麗は座り込んでいた。

楕円形《だえん》に研磨された石は、白や銀や灰色や黒が入りまじった不思議な色をしている。

ただの雑草除けの敷石《しきいし》であり、後宮内でも妃の目に留まらない裏庭なので、石を置いただけとなっているのだろう。

恐らく造園した者の、記憶にも留まっていない。

けれど、琳麗はこの石が化粧品の材料として大好きであった。

「これが長石、隣がかんらん石、白っぽいのは石英。角せん石、磁鉄鉱、そして雲母《うんも》」

丸い石を一つ手に取って、晴天の空へとかざすと、キランと黒い光の反射がある。

雲母の輝きであった。

これは、層になっていて表面を剝がすことのできる変わった鉱石で、琳麗は光る化粧品には必ず材料として入れている。

種類も様々で白雲母、黒雲母、金雲母、鉄雲母、他にも採取される地方の名がつく雲母がある。

石英部分は、結晶になると水晶と呼ばれる。

色がついた水晶は瞼影《アイシャドー》や頰紅に、石英の粉は白粉《おしろい》に混ぜることが多い。

御影石には両方入っているのだから、ときめきが止まらない。

他の皆にとっては、何の変哲もない砂利でも、琳麗には心の癒《いや》しであった。

後宮の庭から拾って粉にしようというわけではなく、ただ、その素材に思いを馳《は》せると創作意欲が湧くのだ。

何十年、何百年、何千年とかけて色や形を変えていく、材料の神秘的な美しさは敬意を払って眺めるに値する。

化粧品の製作におけるすべてのことに対して、琳麗は愛好家であった。

「ふぅ、落ち着く……」

このところ、化粧をして気を張ってばかりで溜まった疲れが軽くなっていく。

掲げていた御影石を下ろして、琳麗は砂利の上へと手を置いた。袖が少し触れてしまっているけれど、白い粉がつくかつかないかなので、そのままにしておく。

(未来の粉たち、聞いて……後宮は本当に疲弊するところ。噂話《うわさばなし》も辛らつだし、皇帝からもちかけられた変な役目も、化粧をしている時だったから高揚してつい引き受けてしまったし……)

材料も化粧箱も、余計なことを喋《しゃべ》らない。

それが、琳麗にはありがたいことだった。

(化粧箱が売れたのは、とてもありがたい。貴方《あなた》たちのきらめきをもっと広めたいもの。きっと、宮女からその実家へ、街へと、評判になるわ。胸を張って言える)

「……でも、このまま私に……あ、悪女なんて、できるかしら?」

すっかり熱中して座り込んでいた琳麗の背後から、声がかかった。

「具合が悪いのか?」

「えっ! はっ! へ、陛下っ!」

琳麗が振り返ると、そこには日差しの中では初めて見る邵武の姿があった。

寝所では下ろしている濃茶の髪は、美しく冠の中へと納まっていて、紫紺に瑠璃色の蘭《らん》桂斉芳《けいせいほう》の意匠が眩《まぶ》しい長衣《ちょうい》に身を包んでいる。

はるか遠くに控えているのは、玉樹だろう。

遠目に見ても「早く行きますよ」という呆《あき》れ顔《がお》が伝わってくる。

琳麗は慌てて頭を下げた。けれど、座った状態のままであったので、まるで這《は》いつくばるようなお辞儀となった。

充儀の取る態度にしてはへりくだりすぎているし、そもそも、侍女の衣であるから、不敬には違いない。

「そう怯《おび》えるな、座り込んでいたから心配で足を止めただけだ。顔を上げろ」

「………」

琳麗は、恐る恐る顔を上げた。

化粧をしている状態であったのなら、挑むような視線を送ることができるが、今のすっぴんでは、目を逸《そ》らして顔だけ向けるのが精一杯である。

(いつもの威勢はどうした？　とか……鼻で笑われるんだ)

しかし、邵武はそんな悪意があることをしなかった。

「取って食いはしない。見かけない顔だな、もしかして琳麗の侍女か？」

「はい……？」

まさかの、化粧をしていないせいで気づかれなかった！

「あっ……ええと、はい……そんな、ところです……」

曖昧に返事をするのがやっとだ。

気まずさと、苦手意識が琳麗を襲った。夜に会って話しているけれど、まだ邵武とは父や瑛雪のように親しい仲ではない。

しかも、琳麗は地味な水浅黄色の衣で化粧をしておらず、相手は雅《みやび》な皇帝である。

「誰かに辛《つら》く当たられたのか？」

「あの……どうぞ、このような小者など……放っておいてくださいませ」

早くどこかへ行ってくれないだろうか。心臓に悪い。

そもそも、皇帝が昼に後宮に用があったなんて聞いてない。暇なのだろうか。

しかし、邵武は離れてくれなかった。

それどころか、素の琳麗の顔をのぞき込んでくる。

「雀斑が可憐《かれん》だな。瞳も、森に棲《す》む木の上を素早く走る小動物を思い出す」

「……栗鼠《りす》でございましょうか」

一体これは何だろう。たぶん、褒められている。

邵武は、いつになく優しく、好意たっぷりな口調と微笑《ほほえ》みであった。

いつもは、琳麗を操り、高慢に命令して手のひらで転がすほどの強引さがあるのに、今は、誰ですかと聞きたいぐらいだ。

（まさか、美姫《びき》ではなく、ぼんやり顔が好みなのでは……？）

思い当たることはいくつもある。

誰が見ても美人な賢妃に対する『お前は俺の好みではない。後宮をさっさと出ろ』といった発言であるとか。

最初に琳麗の化粧姿を見て『そうか……美しいな』と褒めたわりには、何だかがっかりしたかのような口調だったとか。

そもそも、道栄《どうえい》が後宮へ連れに来た時、おかしなことを言っていた気もする。

『そうであった、主上はいつものほうが好みであろうが……後宮には、今のほうが相応《ふさわ》しかろう』

ああ、そういうこと……。

「好きな顔立ちであったから、つい軽口を叩《たた》いてしまった。許せ」

邵武は琳麗の顔を見つめたままだ。怒らせていないだろうかという、様子を窺《うかが》う気遣いを感じる。

「ゆ、許すも何も……そのようなお言葉をかけていただくような者ではございません」

（これまで、ぼんやり顔を褒められたことなんてなかったのに……）

琳麗は耳が熱くなるのを感じた。

雀斑は自分では気に入っていたけれど、やはりどこかで隠すものだと引け目に感じていたのだ。

「まさか、このような所にお越しとは思いませんでした」

怒っていないことを示さなければと、琳麗は会話を取り繕った。

「会話を続けてくれるのか、優しい侍女だな」

邵武は嬉《うれ》しそうに身を屈《かが》めて、琳麗の隣にしゃがんだ。

内緒話でもするような気安い態度は、背の高さで怯えさせないようにだろう。

「琳麗の手の者であるなら、話しても問題ないな。実は淑妃を諫《いさ》めに来たのだ」

「そう……だったのですね」

淑妃とは四夫人のうちの一人である。琳麗が排除するべき一人に含まれている。

「琳麗の実演販売とやらに侍女を三人ほど送り込んだら、一人が化粧箱をえらく気に入って帰ってきたらしい。それに淑妃は烈火のごとく怒り、謝罪する侍女へ折檻《せっかん》をしていると聞き及んだので、捨ててはおけず止めに来たというわけだ」

「……さようでございましたか」

気に入ってくれた侍女に、同情心が湧いた。

そして、邵武が後宮を縮小したい意図が、こんなところからも伝わってくる。

後宮を保つための金銭面だけでなく、こうして邵武の手を煩わせることがよくない。

淑妃にはまだ会ったことがないのでどんな人かはわからないけれど、そう触れ回ってわざと計算ずくで邵武を呼んだのかもしれない。

本当に侍女を折檻していたら、それはそれで問題でもある。

「……だが、帰りに嬉しい出会いもあった。お前だ」

邵武が、侍女に扮《ふん》した琳麗に目を細める。

「ど、どうも……」

（一体誰ですか、この人は。優しすぎるのですけど……好意が無邪気で重いです）

けれど、ここまでくすぐったいことを言われると、緊張が解《ほぐ》れていく。

絶対にこの人は、陰口を叩いたり、傷つけたりしてこないだろう。

「名前を教えてくれないか？」

「たぶん……瑛雪、かと」

躊躇《ためら》いつつ、侍女の名を借りることにする。

「ははっ、自分の名前なのに自信がないのか。代わりに俺が覚えておこう。それで、瑛雪、こんなところに屈み込んで何をしていたんだ？」

「石を見ていただけです」

琳麗は砂利に手をおいて、そっと撫《な》でた。

ごつごつとした感覚が手のひらに触れて、少し落ち着く。

「ふむ、注意深く見ると、複雑な色の石だな」

邵武が御影石《みかげいし》を一つ手に取って、さっき琳麗がそうしたように太陽に翳《かざ》した。

「そうなんです！　この御影石は集合体なんですよ。それぞれの石が、とても役に立つのです」

石の話題になると、一瞬で緊張は消えた。つきあいでしてくれたことであっても、嬉しさがこみあげてくる。

謳《うた》うように、琳麗はすらすらと続けた。

「長石、かんらん石、石英、角せん石、磁鉄鉱、光っているのは雲母《うんも》です。雲母は輝く顔料になります」

「なるほど、お前は絵を描くのだな」

（いけない。話しすぎてしまった……化粧品と結びつけられたら、琳麗だということが露呈してしまう。ここは、合わせておこう）

鉱石から取る、化粧品も絵の具も、同じ顔料ではある。

「はい、特に雲母はキラキラとして――」

「……………」

琳麗も御影石を一つ手に取って、角度を変えて光らせた。

そのとき、邵武の視線を感じた。彼はもう石を見ておらず、琳麗の横顔をじーっと凝視してくる。

（……もしかして、バレた？）

「な、なにをご覧になっているのでしょうか？」

「気に入った雀斑《そばかす》を一つ見つけた。こいつだ」

夜は全く触れてこなかった邵武の手が、そっと琳麗の頬を撫でる。

「からかわないでください、それは隠すのに一番手間取るのです」

実のところ、琳麗も自分で愛嬌《あいきょう》があるかもしれないと気に入っていた雀斑を示されたので、照れ隠しで咄嗟《とっさ》に喜べなかった。

「昔は雀斑が増えると日焼けを気にしていたのですが、無駄なのでもうやめました」

「それはよかった。俺が、愛《め》でることができる」

邵武はぷにぷにと、琳麗の頬をつついたままである。

この手を払ったら不敬になるのだろうか……。

何にせよ、よくわかったのは、邵武にとってぼんやり顔と雀斑の連鎖は、非常に好みの顔らしいということだ。

(美人に嫌な思い出でもあるのかな……飽きちゃったとか)

「よし、お前が絵の具を作るのを手伝ってやろう。永寧宮の庭にある石は自由に持ち出していい」

「どうも……」

喜ぶべきところであったけれど、顔料は実家所有の鉱山の石から取っているので、今すぐ入用ではない。

御影石は尊敬していて魅力的であるが、それを作る各石の塊が存在するので、混ざった石を分けることは非効率だからしないのだ。

(息抜きをしていただけなのに)

琳麗の横では、邵武が自らの手で石を選別している。皇帝陛下が石拾いだ。

「これなど、黒い雲母だったかが、大きいのではないか」

「まあ、立派です！」

邵武の手には、なかなか大きな雲母が突き出た御影石があり、琳麗は反射的に喜んでしまった。

「俺もなかなかの目利きだろう」

得意げな顔に、少し対抗意識が湧き、琳麗も砂利へ手を伸ばす。

そしてすぐに、邵武よりも一回り大きな雲母がついた御影石を見つけて、自慢げに突き出した。

「甘いです。これぐらいは、簡単に見つけられます」

大人げがないと思ったけれど、二人で石拾いをしている状態がすでにおかしいので、かまわないだろう。

「流石《さすが》だな。それで、雲母とやらをどうやって取り出して顔料にするのだ？」

「ええと、私の場合は布袋に入れて、金槌《かなづち》で石を粉砕します。それから、欠片《かけら》を分けて雲母だけを集めて乳鉢へと入れます」

「胡麻《ごま》をするような道具だな。なるほど、そうやって粉にするわけだ」

邵武は上手《うま》く思い描いてくれたようだ。

「はい。ちなみに乳鉢とごりごりとする乳棒は、鉱石相手なので硬いものほど望ましいです。私の宝物は瑪瑙《めのう》の乳鉢と乳棒ですから、瑪瑙より柔らかいものでしたら粉にすることができます」

そうとは言っても、これは個人で実験用に作る規模の話でしかない。職人は金剛石《ダイヤモンド》で表面を覆われた、機械式の大きな乳鉢を使っている。けれど、琳麗にとっては、瑪瑙の乳鉢と乳棒で十分であった。

「なるほど、粉にする石よりも硬い道具を使うのだな。お前の説明はわかりやすい」

邵武が興味を持って頷《うなず》いたのがわかる。

絵の具作りと誤解されたままであるが、化粧品作りを語れたこと、理解されたことに達成感があった。

「ありがとうございます」

(あれ……?)

皇帝が相手なのに、すっかり肩の力が抜けて、緊張が解けている自分に戸惑う。

この人は、乗せ上手で食えない人だと思っていたけれど、実は聞き上手でいい人なのでは?

そんな疑問が琳麗の頭に浮かんだ。

琳麗は、視線を砂利から上げて、邵武を見た。目は合わなかった。

なぜなら、彼も気持ちが解れたように、遠くを見ていたから。

どこか穏やかな顔だった。

永寧宮に仕える者として、邵武の心が安らぐ手伝いができたなら、役目を果たせているのかもしれない。

「お前のおかげで楽しい時間を過ごせた。いつも今みたいに、石ころのために下を見て歩くのか？」

純粋な疑問なのか、何かの暗喩なのか。

けれど、邵武の視線が友人に尋ねるような気安さだったので、琳麗は正直に答えることにした。

「下を見て歩くことも大切です。どんな宝物が落ちているかわかりませんから」

「なるほど」

ニッと満足げに唇の端を吊《つ》り上げた邵武は、いつもの雰囲気に戻っていた。

自信に満ちた皇帝の顔は、昼の光の下で見ると、雲母よりも眩《まぶ》しくて艶《あで》やかである。

「陛下！　宮女と石ころで遊ぶ暇はありませんよ」

遠くから、玉樹が耐えかねたように叫ぶ。

琳麗の素顔を知っているはずなのに、今の衣と地面に這《は》いつくばって石を探す姿により、ただの宮女と思われているようだ。

「うるさい奴だ。瑛雪、今度はお前が描いた絵を見せてくれ。また会おう」

「……機会が、あれば」

曖昧な返事に対しても、邵武は両目を細めてから、機嫌よく去っていく。

(はぁ、息抜きをしていただけなのに……)

どっと疲れが押し寄せるかと思ったけれど、意外にも心は軽かった。

化粧品作りについて語ることができたせいだろうか。

琳麗もまた、最後に砂利をひと撫でして、房間《へや》へと戻ることにした。


夕方の梅林園は花の香りで満たされている。

白い梅の花が、夕日に照らされてほんのりと橙色《だいだいいろ》に染まっていた。

木の幹は細く、人が隠れる幅はない。

辺りに木と花以外は存在せず、がらんと開けた空間は、密談にはぴったりであった。

そんな中で、艶やかな化粧をした琳麗と、共に並んで花を愛でる邵武は、皇帝と寵姫《ちょうき》という絵面である。

瑛雪に扮した息抜き中に彼と邂逅《かいこう》してから三日が経《た》っていた。

伽《とぎ》に呼ぶだけでなく、日中も会うことで、皇帝のお気に入りだと周知させる。

そんな目的も満たしつつ、琳麗と邵武は後宮人減らしの策を練っていた。

「四夫人の誰かと会えそうか？　無理であれば、俺が取り計らうぞ」

「いいえ、余計な心配はご無用に。賢妃様のときと同じ手順を踏めば、勘のいい者には気づかれてしまいますから」

ひらりと舞う花びらを一瞥《いちべつ》して、琳麗は口を尖《とが》らせた。

「お喋《しゃべ》りな取り巻きもたくさんできて、お三方の話を集めるのは捗《はかど》っております。淑妃様は最近荒れているとか、徳妃様は想《おも》い人がいるとかいないとか」

淑妃については、邵武から聞いた折檻《せっかん》の情報を、宮女の話と併せて裏を取っただけであったけれど、間違ってはいない。

「そろそろ、宣戦布告にいらっしゃるのではないかしら？　まあ、追い返して差し上げますけれど」

化粧をしているので、琳麗は気が高ぶっていた。

（次は、どんな妃様かしら？）

淑妃は、賢妃とは違った種類の美貌だと聞いている。

新たな画布としての楽しみもあった。

「……お前はいつも絶好調だな。だが、ずっと気を張るのが辛《つら》いと思ったら、地面を見るといい」

「はい？」

（何を言っているんだろう、この人は）

夕暮れ時に切ない感情になる現象だろうか。いや、それは夜に手紙を書く時だった気がする。

「たまに下を見るとな、宝物が落ちていることがある」

「ひっ！」

邵武がいい話っぽく口にしたのは、侍女に扮《ふん》していた琳麗の台詞《せりふ》である。

（それ、私が言った言葉ですけどね⁉）

「おほほ……お生憎様《あいにくさま》、私は落ち込んだりはしませんの」

少なくとも、化粧をしている時には、それに合った振る舞いとなる。

「ああ、そうだな」

邵武は気のない返事をして、琳麗から目を逸《そ》らし、梅の花を見てから、そっと地面へ目を向けた。

まるで、侍女に扮した琳麗を探すように……などと考えてしまうのは、彼があの時の表情と似た顔をしていたからである。
（お疲れなのかしら？　でもまあ、今の私ではさっぱり癒《いや》すことはできませんわ）
琳麗は気づかなかったことにして、梅の花を見上げる。
橙色から上に行くにつれて藍色がかる空では、白い花は青く染まりつつあった。

五章　淑妃と偽物の首飾り

琳麗《りんれい》は化粧を施して永寧宮《えいねいきゅう》の庭を歩いていた。

二週間も経つと、後宮の妃嬪《ひひん》や宮女達も、誰につくか腹を決めたらしく、琳麗を取り囲む顔ぶれも決まってくる。

昭媛《しょうえん》と修容《しゅうよう》は当然のように、それぞれの侍女を伴って後ろをついてきたので、瑛雪《えいせつ》も含めるとすでに六人の大所帯であった。

さらに、九嬪《きゅうひん》以下の妃嬪も、侍女を伴い後をついてくるのだから、もはや十五人の行列である。

(疲れるけど、慕われるのも悪くないわ)

すっぴんの琳麗であったら「心が持たない」と仮病を使うところであったけれど、今は派手な化粧をしているので、気分は上々だ。

今、琳麗がゆっくりと歩いている木の板で作られた小道は、左右に大輪の牡丹《ぼたん》が咲く花園となっている。

支柱が立てられた赤茶色の鉢が、三百ほど誇らしげに並んでいた。

赤色、白色、桃色、紫色と様々で、一重や八重の花弁がふんわりと開いた光景は、息を呑《の》むほどの美しさがある。

「こんなに綺麗《きれい》な牡丹を見せてくださるなんて、昭媛様には感謝ですわ」

「そ、そんな……琳麗様に喜んでいただけて嬉《うれ》しいです」

昭媛が頬を染めた。

うんうん、取り巻きって最高に可愛《かわい》らしい！

「ねえ、琳麗様、色の石から化粧品を作るとお聞きしましたけど、この牡丹からは作れませんの？」

今度は修容が大輪の赤い牡丹を手で示す。

「花の成分は、主に染色ね。爪を染めたりはできるかもしれないわ」

鉱石と違い、見たままの色に染めることができる成分は限られているけれど、挑戦してみるのもありかもしれない。

琳麗は修容の細くて小さな手をそっと取った。

「指先が緋色《ひいろ》に染まると、可愛らしさが増してしまいそうね」

無邪気に慕ってくれる妹分にしたからには、後宮にいる限り特別待遇してあげたい。

琳麗が頭の中で、さらに修容の魅力を引き出す方法を考え始めた、その時だった。

「あら、牡丹の中に大きな蛾《が》がいると思ったら、充儀《じゅうぎ》じゃないの」

前方から歩いてきた一団の中心から、悪意のこもった甘ったるい声が響き渡る。

一瞬だけ耳を疑いつつも、牡丹から声がするほうへ視線を移すと、大勢の妃嬪や侍女に囲まれた小柄な美姫《びき》が立っていた。

つぶらな大きな瞳は翠色《みどりいろ》をしている。

桃色がかった亜麻色の髪は、ゆるく波打っていて、上部分だけ結って大きな宝石細工の簪《かんざし》を挿している。

下部分は襦裙《じゅくん》の上に垂らしてあり、日の光を浴びてキラキラと輝いていた。

襦裙は、山吹色から淡萌黄色《もえぎいろ》へと移り変わる色味で、そこに草花や蝶《ちょう》の皮球花が華やかに描かれている。

披帛《ひはく》は天女の羽衣さながらの白緑色《びゃくろくいろ》で、儚《はかな》く可憐《かれん》であった。

(なんという可愛らしさ!)

琳麗は目を見開いて、しばし射貫《いぬ》かれた。

美人も好きだが、可愛いものにも目がない。

薄化粧に見えるけれど、琳麗の見立てではかなりの化粧上手に感じた。

透き通る肌には淡い白粉《おしろい》が、口紅は光沢のある桃色が、馴染《なじ》んで似合っている。襦裙も含めて己に何が似合うのか、よくわかっている妃《きさき》に違いない。

そして、すべての情報が一致する者は、後宮に一人しかいない。

聞きしに勝る噂《うわさ》の淑妃《しゅくひ》――桃恋《とうれん》だった。

「お初にお目にかかります、淑妃様。私は充儀の琳麗でございます。どうぞお見知りおきください」

琳麗は背筋をピンと伸ばしてから、優雅に一礼した。

礼をわきまえる、ぎりぎりの長さだけ頭を下げてから、微笑と共に挑む顔で桃恋を見据える。

「ふぅん、あなたが陛下のお気に入りなのね。よかった、淑妃のわたしのほうがずっと魅力的だわ」

桃恋が大きな目をくりくりと動かして、無邪気に毒を吐く。

彼女の周りの妃嬪や侍女達も「そうですわ」「当然です」とにこやかだ。はっきり言って怖い。

不意打ちかつ、親しげな口調で言われたので、ぽかんとしてしまいそうになった口元を、琳麗はふっと引き締めた。

無垢《むく》で天然を装った態度が、桃恋の心の化粧なのだと感じる。

後宮を出ていった賢妃《けんひ》の菫華《きんか》のような、わかりやすい悪女ではなく、計算ずくの悪女だ。

桃恋がくすっと笑い、琳麗へ目を細めた。

「あの菫華を追い出してくれてありがとう！　虐《いじ》められて、すっごく困っていたのよ」

この一言だけで、菫華が後宮から簡単に去った謎が解けた気がした。

（どう考えても、こちらのほうが悪女だ）

「まさか……菫華様のお心をそこまで追い込んで、常に疲弊させていたのは、他ならぬ淑妃様ではありません？」

「もう、酷《ひど》い！　あなたにせっかく声をかけてあげたのに。琳麗さんに虐められたー」

桃恋の目元にうっすらと涙が浮かび、零《こぼ》れ落ちない絶妙の加減で玉を作って止まった。

侍女が慌てて手巾《しゅきん》でおおげさに拭く。

（しかも、演技派っ！）

どう対峙《たいじ》したものかと考えつつ、琳麗は辛辣な口調で言い放った。

「これで淑妃様は、私に泣かされたと陛下に泣きつくのかしらね。訴えられるほどに会えるといいのですけど……最近、陛下は私ばかりお召しになりますから」

会いすぎて困ってしまうという、気怠《けだる》さも滲《にじ》ませながら、気迫をまとう。

さて、桃恋はどう出るか？　伏せかけた瞳で、琳麗はちらりと桃恋を見た。

「そんなに困っているなら代わってあげてもいいわよ。この桃恋にまかせて、お姉さま」

にこにこっと微笑《ほほえ》まれ、挙句にお姉さまと呼ばれて琳麗は、満更でもない気分になってしまう。

妃嬪にそう呼ばれて、内心喜んでいるのを見抜かれたのだろうが、悪い気はしなかった。

「淑妃様、陛下のお召しは妃の一存で、交代できるものではありませんわ」

「桃恋って、呼んで欲しいわ」

ころころと話題が変わる。めまぐるしく変わる話題と子猫のような無邪気さで相手を煙《けむ》に巻《ま》くのが桃恋の手練手管なのだろう。

「ではそのように、桃恋様。けれど、可愛らしくても猫をかぶっているだけでは、陛下の寵《ちょう》はいただけませんと、忠告させていただきます」

(小娘に転がされてたまるもんですか)

いよいよ、悪女らしくなってきたと、琳麗の気持ちは高ぶってきた。

「でも琳麗さんと仲良くすれば、たまに陛下のご尊顔を拝見する機会があるのでしょう？　でしたら、お友達になりましょう。わたしね、あなたに会ったら贈りたい物があったの」

桃恋が華奢《きゃしゃ》な手をすっと挙げると、侍女の一人が宝石箱を取り出した。

金の意匠のそれを、桃恋が手に取り、ぱかっと蓋を開ける。

中には、磨かれて玉となった青い宝石が連なる、見事な首飾りが入っていた。

「まあ、なんて美しいのでしょう。これを、私に？」

偶然持ち歩いているものではないので、本題はこれで、琳麗に渡すつもりだったのだろう。

好意か敵意か……おおかた敵意に決まっているけれど。

「極上の青玉《サファイア》よ。わたしが身に付けるより、琳麗さんが首にかけて陛下を喜ばせたほうが似合うわ」

「まあ、青玉！」

金剛石《ダイヤモンド》の次に高価な宝石である。

中央の大きな飾りの玉は、指で円を描くほど巨大で、めったに出土しない希少品だ。

（本物であればね……！）

高価なものに慣れた妃でも、青の色味が濃いから騙《だま》されてしまうだろう。

しかし、鉱石や宝石を粉にして化粧品を作っている琳麗にはわかった。

（これは、青みが強いだけで、青玉じゃない。青黄玉《ブルートパーズ》だわ）

貧乏籤《ハズレ》の鉱山をつかまされた皇家《こうけ》を、舐《な》めてはいけない！

つまり、価値は青玉よりもうんと低い。

琳麗としては、首飾りに興味はないので、顔料にできる色がついているだけでありがたかったけれど、黄玉は硬くて使い勝手が悪いのだ。

琳麗が愛用する瑪瑙《めのう》の乳鉢と乳棒よりも硬度が高いので、粉に加工をするなら職人の機材を借りなければならない。

もっとも、本物の青玉であれば、金剛石の次に硬いので、さらに使い勝手が悪かった。

桃恋の狙いはきっと、黄玉を青玉と触れ回って、つけている琳麗に恥をかかせて嘲笑するといったところだ。

「ねえ。琳麗さんに似合うと思うの、今、つけてみて」

「――青玉、ねぇ？」

琳麗は青黄玉の首飾りを無造作に摑《つか》んで、持ち上げた。

「わたしの心からの贈り物を、そんな持ち方、酷いわ」

「おあいにく様、私は宝石には詳しいの。これは色がついたただの黄玉よ。あら、もしかして気づいていらっしゃらなかったとか？」

首飾りを指でくるくると回す。

敬愛する鉱石や宝石に属する黄玉には心底申し訳なかったけれど、悪女なのだから仕方がない。

途端に、桃恋の頬がカッと赤くなり、形の良い眉が吊《つ》り上がった。

「っ……あなた、やっぱり大嫌い」

初めて桃恋が、素の表情らしきものを見せて、琳麗はドキリとなる。

(可愛い顔が、怒ったりムキになったりすると、また別の魅力があっていいわ！)

「こんなものっ！」

桃恋が両手で首飾りを摑み、琳麗の手から奪うと、左右に引きちぎる。

プツンと糸が切れる音がして、金具が飛んだと思ったら、青黄玉が宙を舞う。

それらが、木の板や牡丹《ぼたん》の鉢へと飛び散るカンカンという音が響いた。

(怒ると激昂《げきこう》型……怖っ)

琳麗の襦裙に包まれた背中に冷や汗が伝う。

けれど、優位の笑みは崩さずに、桃恋へ冷めたまなざしを向ける。

「残念でした。陛下が振り向いてくれないからって、感情的になるのは、とてもはしたないことね」

桃恋は呆然《ぼうぜん》と言葉を失っている。と思ったら、何かぶつぶつ呪詛《じゅそ》のように呟《つぶや》いているから怖い。

辛くも琳麗が勝利した瞬間であった。

「ああそう、陛下は侍女に八つ当たりするような妃嬪《ひひん》は、お嫌いなんですって。せいぜい、頑張って？」

邵武《しょうぶ》の手も煩わせないように、釘《くぎ》を刺しておこうと、付け加える。

決まったとばかりに、琳麗は襦裙の裾をひらりと返して、取り巻きを引き連れてその場を去ることにした。

※　※　※

邵武は清瑠殿《せいりゅうでん》で政務の手を止めて、玉樹《ぎょくじゅ》の報告を聞いていた。

「──といった形で、琳麗様が桃恋様を追い払ったとのことです」

「そうか！　あの桃恋にすら勝つか、やるな」

永寧宮については、いつも煩わしい報告ばかりだったので、胸のすく思いがした。

「……だが、また桃恋を諌《いさ》めに行くことになるな」

政務を放置してまですることとは、到底思えないので、いつも腹が立つのだ。

「いえ、それも琳麗様が〝陛下は侍女に八つ当たりするような妃嬪は、お嫌い〟と言い含めてくださったので、今回はなしかと」

玉樹がすらすらと答える。

「さすが俺が見込んだ琳麗だ。そろそろ、褒美を贈ってやらなければな……何も必要ないと言われたから、渡せていない」

「では、何を贈られますか？」

素早く玉樹が目録を取り出したので、邵武は手で制した。

「まかせる」

「……恐れながら陛下、形だけでも、褒美はご自身でお選びになったほうが、心が籠もりましょう」

「目録を見るだけで、現物を見ずに贈っても、心は籠もるのか？」

宝物庫の中で下賜してもいい財宝が一覧となったそれは、無駄金が浮き彫りにされているようで、見ているとすべて売り払いたくなる。

「そう仰《おっしゃ》ると思いまして……」

玉樹が続き房間《べや》へと向かい、すぐに手にした盆に大量の装飾具を載せて戻ってくる。

「手前のそれはどうだ？」

邵武は、緋色《ひいろ》の宝石がついた首飾りを指さした。

さすがに何度も会っていると、琳麗の瞳の色ぐらいはわかる。

「報告では、琳麗様が桃恋様から贈られた首飾りで、諍《いさか》いが起きたとされていますが、よろしいでしょうか？」

玉樹は細かい。あてつけなのか、激励なのか、贈る意図をはっきりしろと言うことなのだろう。

（しかし、首飾り以外と言われても……腕輪、帯飾り、耳飾り、宝石箱、乳鉢）

「んっ……乳鉢？」

邵武の目はそれに釘付《くぎづ》けとなった。

「調度品も兼ねた、青玉の乳鉢と乳棒ですね。これが何か？」

（あの、雀斑《そばかす》娘が喜びそうなものがある）

瑪瑙の乳鉢と乳棒が宝物と言っていた。確か青玉は金剛石の次に硬い……渡したら大喜びだろう。

「その鉢をよこせ。後宮で助言をくれた者に俺から贈る」

邵武はいそいそと、青玉の乳鉢と乳棒を長衣《ちょうい》に忍ばせて、執務机から立ち上がった。

「今からお出かけに？」

「息抜きだ」

早く、瑛雪と名乗った娘に贈りたかった。

「それは結構ですが、琳麗様には紅玉《ルビー》の首飾りでよろしいのですね？」

「まかせる」

もう房間の戸口まで来ていた邵武は、振り返らずに放った。

※　※　※

朱花宮《しゅかきゅう》にある自分の部屋で、化粧を落とした顔になった琳麗は、ぐったりとしていた。

淑妃の桃恋が、あれほど好戦的な悪女とは知らなかったせいだ。

（無垢《むく》を装いながらというところが、強者でした……）

全身にどっと疲れが押し寄せてきている。あんな妃嬪と毎日やりあっていたら、顔面が持たなくなりそうであった。

顔料を落とし、保湿をした頬へ手をやりながら考える。

（賢妃様が後宮から出たのは……あの方のせいだと思う）

琳麗のことは、ちょうどいい、引き金となっただけだ。

邵武へはまだ報告をしていないのに、やりこめたと噂《うわさ》を聞き付けた彼から褒美を貰《もら》った。持ってきたのは宦官《かんがん》の玉樹で「よくやった、この調子で励むように」という、心のこもらない伝言付きである。

そして、象嵌《ぞうがん》細工の立派な箱から出てきたものは紅玉の首飾りであった。

高価なものであるし、琳麗の瞳の色をしているから、少しは考えてくれたのだと思う。

「でも……首飾りの事件があったのに、褒美に首飾りはあんまりでは……嫌味かあてつけにも、取れます」

それは小卓の上にあり、目に入るとさらに疲れが増した。

「まあまあ、立派な品ではございませんか。この首飾りをつけて、さらに悪女に磨きをかけるようにということでございましょう」

事情を知る瑛雪が宥《なだ》めてくれるも、気は休まらない。

「……ちょっと、息抜きしてくる。衣を貸してね」

「今からですか？　夕餉《ゆうげ》の前にはお戻りくださいよ」

琳麗は、瑛雪の水浅黄色の衣に手早く着替えて房間を出た。


日が傾きかけて、空が橙色《だいだいいろ》に染まっている。

昼間は艶《あで》やかな赤色、白色、桃色、紫色をしていた牡丹《ぼたん》も、濃赤色、橙色、緋色、黒色と夕方の光のせいで濃く見えた。

見事な花弁と辺りの景色が曖昧になったような夕暮れの牡丹園は、蠱惑《こわく》的な魅力がある。

琳麗はそんな中で、鉢の間に身を屈《かが》めていた。

「あった！　これで四十二粒……首飾りならこれぐらいの数かな」

昼間、桃恋とやりあった時に、バラバラに飛び散った黄玉《トパーズ》の首飾りである。

青玉ではなく黄玉であったけれど、宝石に罪はない。

宝石に違いないし、十分に価値はあるので勿体《もったい》なかった。

しかも、色は美しく青みがかっているので、瞼影《アイシャドー》にはぴったりだ。

「ああ、もったいない。もったいない」

妃嬪がこんなことをしていたら、恥ずべきことだけれど、宮女なら問題ないだろう。誰かに咎《とが》められたら「片づけてこいと言われました」と答えれば、もっともらしい。

これまで拾った黄玉は、すでに袖に入っている。

最後の一粒を琳麗は手のひらの上でそっと撫《な》でてから、静かに袖へと落とした。

まだ夕餉の時間には早く、日も沈まない。

続けて琳麗は、永寧宮の北の壁へとやってきた。

後宮は壁でぐるりと囲まれているが、この北の壁だけは、天然の石壁である。

高い岩山を削った自然のままの壁には、水晶が含まれていると宮女から聞いていたので、興味があったのだ。

「わぁ！　なんて、素敵な岩肌！　本当に水晶が入っている。皇家《こうけ》の鉱山のものより煙の度合いが強い。粉にしたらどんな化粧品が生まれるかしら」

琳麗は目に飛び込んできた景色に感動し、岩肌へと頬ずりした。

ごつごつとした灰色の岩肌に、透明よりもやや曇った琳麗の指ほどの水晶が六角柱の顔を出す。

その先端部分には、小指も入らないほどのわずかな空間があり、水晶同士がその場所を奪い合うような形となっている。

皇家にも鉱山があるので、珍しくはない光景なのに、何度見てもときめいてしまう。

「どんな曇り色の粉になるのかしら？ 鼻を高く見せる中間の影に使えそう。いえ、後宮の壁から石を拝借なんて窃盗はしないけど……ああ、ここに鑿《のみ》と金槌《かなづち》があれば、一欠けらだけ」

興味はつきない。正確には房間に戻れば金槌があったが、鑿は実家だ。

どうにかして、一本だけでも指でポキッと折れないかと撫でまわしていた時、背後から声がかかった。

「後宮からの脱走は、未遂でも極刑だぞ」

からかいまじりの知った声に振り返ると、邵武である。

「ち、違います。壁を登ろうと手をかけていたのではなく、水晶を撫でていただけです」

確かに姿勢は同じだ。けれど、こんな人の背の五倍もある天然の石壁を、素手でよじ登れるわけがない。

邵武がふっと笑った。

「また会えたな、瑛雪」

どうしよう、しっかり侍女の偽名で覚えられてしまった。

琳麗は背中に冷や汗をかきながら、顔だけでなく体も邵武へ向けて礼をしていく。

「もったいないお言葉です。ええと、また後宮にご用があったのですね」

桃恋には侍女を折檻《せっかん》しないように言い含めたつもりであったが、また何かとばっちりであったのだろうか。

「ああ、お前に会いに来る用事があった」

「はい……？」

琳麗は耳を疑った。

多忙な邵武が、侍女一人に会うために後宮へ来たというのだろうか。

「御影石《みかげいし》の砂利のところにいなかったから、捜したぞ。琳麗の房間へ訪ねるのは間が悪かったから、石のありそうなところを順に当たった。外で見つけられてよかった」

「はぁ、どうも……」

しかも、捜した⁉　どれだけ雀斑のぼんやり顔が好きなのだろうか。

「前にお前と話して、楽しい時間を過ごせた。これは、褒美だ。後宮の者になら下賜してもいい品だから、遠慮なく受け取ってくれ」

邵武がいそいそと、長衣の中から何かを取り出した。

それに、琳麗の目は釘付けになる。

「えええっ！　ま、まさかこれは、青玉の乳鉢と乳棒！」

喉から手が出るほど欲しい品である。

琳麗の驚いた顔を見て、邵武が得意げに胸を張った。

「瑪瑙《めのう》の乳鉢よりも、硬い乳鉢だ。もっといい絵の具が作れるぞ、ほら」

（絵を描くことは嘘《うそ》だったのに……覚えていてくれた）

信じられない思いで見ていると、青玉の乳鉢と乳棒を手に押し付けられる。ひんやりと冷たいそれを、琳麗はしっかりと摑《つか》んだ。

謹んで断らなければならない、侍女には過ぎた贈り物だった。

けれど、もう放せるわけがない。

遠慮が吹き飛ぶほどに、欲しかったからだ。

「本当に……？　あ、あの、返せと言われても、もう無理ですよ」

「ああ、気に入ってくれたか？」

「大感激です！　ああ……青玉の乳鉢と乳棒！　何を粉にしましょう」

ずっしりと重いそれを抱きかかえると、琳麗の胸は喜びで躍った。

（新しい宝物だわ！　もっと、硬いものが砕ける）

すっぴんで、がらにもなくはしゃいでしまった琳麗を、邵武がニコニコと見ている。

こんなに素敵な品をくれるのならば、本物の琳麗に贈る品が嫌みであったとか、気にしてはいられない。

手のひらで転がされて、腹の立つことばかり命令されても、もう、大好きだ！

侍女の瑛雪として、庭で会った時ぐらい、優しくしてあげよう。

きっと、邵武は疲れているのだ。

ぼんやり顔と雀斑《そばかす》ぐらい、好きなだけ眺めさせてあげればいい。

「お前の喜ぶ顔を見ることができて、よかった。またな」

しかし、本当に忙しかったのか、琳麗の顔を見て目を細めた後で、邵武はすぐに行ってしまった。

本当に自分の手で渡すためだけに、来たようだ。

首を傾《かし》げた拍子に、水浅黄色の衣の袖から、キンッと宝石がぶつかる音がする。

「ああ、さっそくこれが粉にできる……」

琳麗の興味は、あっという間に邵武から黄玉へと移った。

瑪瑙の乳鉢では、硬度が高い黄玉には歯が立たないのだ。

けれど、たった今、手に入れたばかりの青玉の乳鉢は、黄玉よりも硬い。

なんと間がいいことだろう！　試したくてうずうずした。

「上手《うま》くできたら、桃恋様にお贈りしよう」

化粧は上手だったから興味があるだろうし、青よりも淡い絶妙な色の瞼影は、とても似合うはずだ。

琳麗は足取りも軽やかに房間《へや》へと戻り、早速化粧品を作ることにした。


翌日、桃恋とその侍女達は、琳麗から贈られた物を見て、震え上がった。

「これ……わたしの首飾りが粉になって……きゃああ、怖い！」

翠葉宮《りょくようきゅう》に桃恋の悲鳴が響き渡る。

砕かれて磨《す》り潰《つぶ》された宝石は、まるで寵姫《ちょうき》争い敗者の、なれの果てのようだ。

骨まで砕かれて、粉とされる。

桃恋は、それが捨てられるまでは、乱心して過ごし、侍女達は、明日は我が身と背筋を凍らせたのだった。

——琳麗の悪女説が、知らぬ間に増えた。

『大感激です！　ああ……青玉の乳鉢と乳棒！　何を粉にしましょう』

※　※　※

翌日の夜、邵武は雀斑娘の喜んだ顔を思い出しながら、政務に励んでいた。

我ながら、乳鉢を贈ったのは名案であった。

花開くようにパアッと綻んだ顔を、新しい記憶から蘇《よみがえ》らせると効率が上がった気がする。

昨日あの侍女の笑顔を見たおかげか、滞っていた政務はすべて終わり、来週の分にまで手が伸びていた。

この調子なら、徹夜もできそうだ。

（今度は時間を作って、瑛雪に会いに行こう）

最初は、なんと好みの顔だと思って話しかけたのだが、今では穏やかだが趣味のことになると饒舌《じょうぜつ》な愛好家となるところや、徐々に心を開いてくれているところも好ましい。

邵武を敬いつつ、取り入ろうとせずに逃げ腰なところも、実に俗っぽくて人間味がある。

妃嬪《ひひん》の一人にして、捕らえてしまいたかったが、そんなことをすれば後宮争いに巻き込まれて彼女の身に危険が及ぶので、今のままでいい。

邵武の胸に秘めておき、たまに会えるだけで、気持ちが安らぐのだ。

（俺も絵を習ったら会話は弾むだろうか）

邪《よこしま》な考えさえもよぎり、それすら楽しい。

「昨日の息抜きにお出かけになって残っていた分もあったのに、政務を片付けておられるとは、不思議なことでございますね」

いつの間にか房間の入り口に玉樹が立っていた。

「お前の嫌みなど痛くも痒《かゆ》くもない。どこへ行っていた？」

「粉になった不吉な黄玉《トパーズ》の引き取りです。淑妃様の宮から押し付けられて、誰も片付けようとしないので」

玉樹が小ぶりの丸い陶器を取り出し、執務机にポンと載せた。

陶器の上部は硝子《ガラス》となっていて、中には濃い水色の粉があった。

何かで練ってあるのか、舞うような状態ではないほど固まっていて、化粧品に見える。

「不吉と言われたものを、俺の机に置くな」

「また、琳麗様のお手柄でございます」

せっかく、瑛雪のことを思い出して癒《いや》されていたのに、一気に目が覚めた。

後宮の女たちの争いごとや無駄遣いの多さには、うんざりする。

しかし、琳麗だけは違う。理性的で賢く、話していると優秀な官吏を前にしているようにすら感じる。

思った以上に働いてくれるので、一目置いていた。

邵武が聞く姿勢を見せると、玉樹が続ける。

「これは、瞼影《アイシャドー》と呼ばれる、琳麗様の手作りの化粧品でございます。そして、材料は昨日に淑妃様より贈られて、突き返した黄玉の首飾りです。つまり、琳麗様は粉にして、仕返しをされたのです」

「ほう……」

見事な返しであるが、邵武は何かが引っ掛かった。

「琳麗様の行動に、淑妃様をはじめ翠葉宮の者は震えあがっております」

意気揚々とした玉樹の言葉が耳に届いているのに、頭へと入ってこない。

(〝粉にして〟ああ、それだ……!)

邵武はやっと自分の中で引っかかっていたものの正体に気づいた。

「瑛雪に贈った乳鉢を使ったのか」

無意識に低い声音で呟《つぶや》いていた。

琳麗の賢さや度胸の良さ、本音を口にしてしまう純粋さを邵武は買っていた。しかし、その彼女にも裏の顔があったのかもしれない。

たとえば、侍女の宝物を奪って自分の物にするような……。

「やはり、後宮の妃《きさき》は皆同じというわけか」

強い失望を抱いた。

自分で思っていたよりも、琳麗を気に入っていたのかもしれない。

「……」

邵武は無言で立ち上がった。

気づいた以上、このままにはできない。あれは瑛雪が絵を描く粉を作るために贈った物で、取り返してやるべきだろう。

「陛下どちらへ? お待ちを!」

夜であるのに、伽《とぎ》の先ぶれも出さずに、邵武の足は後宮へと向かっていた。

※　※　※

琳麗は化粧を落として、朱花宮の自室の寝台で眠るところであった。

せっかくの瞼影は、桃恋の気に召さなかったようだ。

贈り物なのに、脅《おび》えさせてしまったようだし……それも演技かもしれないけれど。

琳麗としては、青玉の乳鉢のお披露目《デビュー》を、相応《ふさわ》しい黄玉という宝石でできたことに感無量であった。

(さすが宝物、使い心地は最高でした)

ちなみに、乳鉢は今、寝台で抱いて横になっている。

枕元には宝物の瑪瑙の乳鉢があり、手の中には新しい宝物の青玉の乳鉢があった。

お気に入りなので、墓まで手放すつもりはない。

後宮入りとなった時は、どうなることかと思ったけれど、悪いことばかりでもないのが、救いであった。

食えなくて強引な邵武には、腹も立っていたが、侍女のふりをした琳麗に対する態度には、微笑《ほほえ》ましいものがある。

「贈り物だなんて……」

今までは、ぼんやり顔で注目を浴びるのは苦手だったけど、好意を向けられるのは初めてで、くすぐったいような心持ちだった。

琳麗がひんやりとした青玉《サファイア》の乳鉢をそっと撫《な》でた、その時だった。

ドンドンドンと房間の扉が叩《たた》かれ、声が聞こえてくる。

「琳麗はいるな？　話がある」

「えっ？　陛下……？」

声から訪問者は邵武のようだ。

夜着姿で、琳麗は寝台からガバッと起き上がった。

「今から陛下のお召しですか？　どうなさいますか？」

すでに扉へと近づいていた瑛雪が、琳麗を振り返って指示を仰ぐ。

「どうしようも、こうしようも……」

　皇帝の訪問は、たとえ夜であっても断ることなどできない。

　瑛雪が仕方なく扉を開けると、そこには不機嫌そうな顔をした邵武が立っていた。後ろには困惑した様子の玉樹の姿もある。

「陛下、このような夜更けにどのようなご用件でしょうか？」

「侍女から奪った青玉の乳鉢を返してもらおう。あれは、俺が瑛雪に贈った物で、取り上げることは許されない」

「はい？　何のことです……？」

　どうして邵武が不機嫌なのか、もらった物を返せといきなり言い始めたのかまったくわからない。

　そもそも、今の琳麗は、妃嬪として彼に見せたことがない、ぼんやり顔である。

「だから青玉の乳鉢は……お前は琳麗ではなく瑛雪？　どうして、妃嬪の寝台にいるんだ？」

　邵武がきょとんとして、琳麗を見た。

　やや遅れて、邵武の近くに来た玉樹が持つ灯りが、琳麗の顔をしっかりと浮かび上がらせる。

雀斑《そばかす》が色づいた気がして、琳麗は気まずい気持ちで頬に手をやった。

「あの……私が、化粧を取った姿の琳麗です」

まさか、こんな不意打ちで、侍女のふりが露呈するなんて……。

「いや、お前は瑛雪で……ああ、抱いている青玉の乳鉢は無事だったか」

「陛下、恐れながら、瑛雪はわたしでございます。素顔の琳麗様が息抜きに後宮を歩く際に、名前をお貸ししました」

瑛雪が琳麗に寄り添って、誤解を正していく。

「わたしが以前に陛下のご命令で淑妃様に引き合わせましたのも、先日に紅玉《ルビー》の首飾りを贈ったのも、こちらの琳麗様にございますよ」

化粧をした姿を知らない玉樹は、不思議そうな顔をしている。

「……あの、ややこしくして、ごめんなさい」

琳麗は青玉の乳鉢を抱いたまま、邵武に謝った。

そのことが、彼の何かを刺激したらしく、気まずそうに邵武が目を逸《そ》らす。

「無事ならいい……そうか、琳麗だったのか……許す。息抜きは、必要だ」

邵武が、ほっと息を吐き、今度は琳麗を見つめた。

「その、なんだ……これからも、よろしく頼む」

「はあ」

別の房間から侍女や宮女達が集まりつつある中、邵武が無言となって帰っていく。

琳麗は、その背中を彼の言葉を反芻《はんすう》しながら見送った。

『その、なんだ……これからも、よろしく頼む』

こそばゆい気持ちが湧き起こってくる。

後宮暮らしが、そんなに悪くもない気になっていきそうな予感がした。

（ううん、それは気のせい。出たいことに……変わりはないから）

皇帝が琳麗を気に入りすぎて、先ぶれもなく深夜に房間へ押しかけたことは、あっという間に後宮内の噂《うわさ》となり……。

ものの数分で追い返した、琳麗の悪女ぶりがまた一つ、新たな大悪女の武勇伝を作ったのだった。

六章　恋する徳妃を逃がす方法

琳麗《りんれい》が後宮入りして、早二ヶ月が過ぎようとしていた。

「はぁぁ……」

朱花宮《しゅかきゅう》の自分の房間《へや》にいる琳麗は、深いため息をついた。

後宮から出るために皇帝である邵武《しょうぶ》と約束した条件は、四夫人のうちもう一人後宮から出て行くように仕向けることだ。

たった一人のはずなのに、二ヶ月経《た》っても何の進展もなかった。

進んだのは化粧品の売り込みと大悪女としての琳麗の噂が後宮内に広まっただけだろう。

「淑妃《しゅくひ》様は神経が太そうだし、諦めたほうがいいかもしれない」

「そう思います。あの方は可憐《かれん》な見た目とは正反対の性格の持ち主のようです」

隣にいる侍女の瑛雪《えいせつ》も同意する。

撃退はしたものの淑妃は賢妃《けんひ》と違って、負けたからと落ち込んで、皇帝の寵愛《ちょうあい》を諦めて後宮を出て行くような人物ではなかった。

残るは、蒼月宮《そうげつきゅう》の貴妃《きひ》と、橙夕宮《とうゆうきゅう》の徳妃だけれど、二人はやけに守りが固くて未《いま》だに会えていない。

瑛雪に侍女達の話を聞いて探ってもらったけれど、本名さえ摑《つか》めておらず、唯一聞こえてきたのは、徳妃の思い人は他にいるという真偽さえ怪しい噂だけだった。

どうせ、淑妃辺りが流した嘘《うそ》だろう。

しかし、今はそれぐらいしか手がかりがない。噂さえ流れてこない貴妃を追うよりは、ずっとましに思えた。

「仕方ない。虎穴に入らずんば虎子を得ずよね」

「また侍女のふりをしてどこかへ行かれるおつもりですね」

さすがは長い付き合いの瑛雪、すぐに琳麗が何をしようとしているのかわかったようだ。話が早くて助かる。

「その通り。でもその前に協力してほしいことがあるのだけれど」

琳麗は瑛雪に耳打ちする。

「それぐらいならすぐ何とかなるでしょう。お任せください」

「よろしくね」

さっそく瑛雪が房間から出て行く。

そして琳麗の優秀な侍女は、たいした時間もかからず、頼んだことを終えて戻ってきてくれた。

その日の午後、琳麗は堂々と徳妃のいる橙夕宮にいた。

ぼんやり顔のすっぴんである。臙脂色《えんじいろ》の衣を身につけ、あくまでも普通に庭を歩きながら周りの様子を窺《うかが》う。

橙夕宮では侍女や宮女で衣がそれぞれ揃《そろ》えられていて、臙脂色は宮女の多くがまとう色である。

「あら、貴女《あなた》は……？」

見知らぬ顔の宮女がいれば、当然警戒される。それは想定済だった。

「新人の明明《めいめい》といいます」

「あぁ、そんな名前の子がいたわね」

若干怪しみながらも、妃《きさき》は気にせずに通り過ぎる。

妃嬪《ひひん》の後宮入りがなくなって二ヶ月が経つけれど、化粧をしないし、派手でもない宮女の顔など、誰も憶《おぼ》えていないものだ。

琳麗が瑛雪に頼んだこと——それは橙夕宮で比較的新しい宮女の名前を探り出すことだ

った。

徳妃自身についての話は漏れてこないが、その周囲の者について調べるのはそう難しくはない。

元から瑛雪には他の侍女達と仲良くなって話を聞き出してもらっていたから、下っ端の宮女二、三人の名前を手に入れるなど造作もないことだった。

あとはその名前を使ってしのび込み、自ら徳妃のことを探る。それが琳麗の考えた今取れる唯一の策だった。

まず橙夕宮全体をゆっくり回って、雰囲気と建物の把握に努めていく。

(雰囲気がいいわね。みんな怯《おび》えている様子がないし)

琳麗のいる朱花宮も、一時は戦々恐々としていたけれど、今ではわりと和気藹々《あいあい》として盛り上がっている。

そうは言ってもやはり、皆が悪女である琳麗の顔色を窺っているように思えた。

一方、橙夕宮では妃嬪達が伸び伸びと暮らしているし、仲が良さそうだ。それは、橙夕宮の主である四夫人の一人、徳妃の人柄によるものだろうか。

(もしくは、徳妃はまったく表に出てこないから、気にならないとか？)

とにかく宮女達からそれとなく聞き出す必要がある。

琳麗が向かったのは、洗濯場となっている井戸だった。

途中、房間の外に偶然置かれていた洗濯籠を勝手に持ち上げると、さも当たり前のように洗濯を始める。

商家出身の琳麗は洗濯ぐらいお手の物だった。何の違和感もなく、宮女達の輪に入っていく。

「あんた新入り？　それにしては手際いいわね」

隣にいた宮女が琳麗に話しかけてくる。

「ありがとうございます、明明といいます。洗濯だけは得意なんです、他はさっぱりですけど。終わったら先輩のもお手伝いしますね」

手を止めて、ぺこりと頭を下げる。

「いい子ねぇ、あんた。でも、そんなこと他の宮でもし言ったら仕事をぜんぶ押しつけられちゃうわよ。注意しなさい」

「そうなんですか？」

わざとらしく琳麗が首を傾《かし》げる。

「徳妃様は立派な方だから、この橙夕宮には虐《いじ》めや不公平がないようにと配慮してくれているけど、朱花宮とか、翠葉宮《りょくようきゅう》とかは本当に酷《ひど》いって聞くわよ」

運がいい。話しかけてきたのは古株の宮女みたいだ。

それにおしゃべりでもある。

「わたし、まだ徳妃様にお会いしたことがなくて。どんな方なんですか？」

「お美しくて、素晴らしい方さ。誰にでも優しくて、侍女の間ではこっそり後宮の良心なんて呼ばれているぐらいだからね」

下っ端の宮女にわざわざ嘘をつくとは思えないから、徳妃は賢妃や淑妃と違って、本当に人格者のようだ。

琳麗は少し踏み込んでみることにした。

「きっと徳妃様が未来の正妃様ですね」

「そうだといいのだけれど、最近、徳妃様の表情がとても悲しげなのよね。毎夜、月を見上げて何かを待つ、あの方の憂い顔を見ると、胸が痛くなって……」

「月を、ですか」

琳麗の言葉にハッとして、おしゃべりな宮女が自らの口を手で塞ぐ。

「今言ったこと誰にも話したらだめだからね」

「はい、口外しません」

気づかないふりをして、きょとんとしながら頷《うなず》く。

しゃべりすぎたと気づいた宮女はそれから無言になってしまった。去り際に挨拶をして、琳麗は洗濯場から離れる。

元あった場所に気づかれないようにあくまで自然に洗濯籠を戻すと、一度橙夕宮を出る。

(憂い顔で月を見る徳妃……これは何かありそう)

琳麗は夕方になると再度、宮女に扮《ふん》して橙夕宮に潜り込んだ。

静かな中庭に虫の音が響く。

薄曇りらしく、月明かりはそれほど明るくない。琳麗は隠れていた繁《しげ》みから出ると、足音を立てないように注意しながら徳妃のいる房間へと向かう。

(あれ？　いない……)

てっきり中庭に面した楼から月を見ているのだと思っていたけれど、そこに徳妃の姿はなかった。

(今日は月を見ないのかもしれない)

大人しく朱花宮に戻ろうかと思ったけれど、そこでふと気づく。

あれだけ守りの固い徳妃が、皆から見える中庭に面したところに姿を現すだろうか。

話してくれた宮女は何も堂々と見ていたとは限らない。偶然、外からそのお姿を見た、ということも考えられる。

（そうだとすると……）

琳麗は来た道を引き返す。

橙夕宮を出ると外の壁に沿って歩き、楼の裏側に回った。

「いたっ！」

思わず声を上げてしまい、慌てて建物の陰に隠れる。

楼の二階、中庭とは逆側の窓部に徳妃はいた。

こんな時間に宮の外の道を歩く者はおらず、これならば滅多に見られることはない。

教えてくれた侍女は偶然、何かの仕事で遅くなった帰りなどに見かけ、自分だけの秘密にしていたのだろう。

（遠目でも美人！）

徳妃は窓に腰掛け、やはり憂い顔をしているように見える。それが何とも艶っぽくて、月を眺めている姿は一枚の絵のようだった。

彼女は何を想《おも》っているのだろうか。

女の勘で、邵武を想ってのことではないように感じた。

客に化粧をすることも多い琳麗は、何百人という女性の顔を見てきた。

嫁入りが決まった者、逆に恋人に別れを告げる前の者、まだ見ぬ伴侶に思いを寄せる者など、様々だ。

だから、その顔をじっくり見れば、何となくだけれどその人がどんな感情を抱いているのかわかる。

(今の徳妃様は……)

とても悲しそうだ。そして、何かに焦がれている。

一言で表現するならば、悲恋という言葉が正しいだろう。

それが寵愛《ちょうあい》をくれない邵武に対してという解釈もあるけれど、噂《うわさ》通り、他に相手がいるように思えて仕方なかった。

(あとはもう少し徳妃様に近づかないとだめかな。もしくは……)

邵武に調べてもらえばすぐ分かりそうだけれど、それは止めておくことにした。噂を元にして、人格者である徳妃を陥れるようなことになってしまう。

いくら大悪女を装っていても、そんなことはしたくない。

そっとその場を離れようとしたその時だった。

「……っ!?」

ひゅっと風を切る音がした。

楼を見上げると、徳妃がいた二階の壁に矢が刺さっている。

（いつも月を見上げているのを利用して、誰かが徳妃様を殺そうとした⁉）

血なまぐさい後宮なので真っ先に暗殺を考えたけれど、すぐ違うと気づく。徳妃が再び窓際に姿を見せると、壁から矢を引き抜いて中へと消えたのだ。

その表情には、殺されかけた恐怖はなく、喜びに満ちていた。

（もしかして……矢文？）

まだすべてが推測でしかないけれど、そう考えるとすべての辻褄《つじつま》が合う。

琳麗は今度こそ、その場を後にした。


三日後、琳麗の房間《へや》には珍しい客が来ていた。

「後宮でも上手《うま》くやっておるようだな。色々ともれ聞こえてきておる」

「道栄《どうえい》様のおかげで」

来客は琳麗を後宮へと連れてきた父の古い友人の宦官《かんがん》──道栄だった。

彼の宦官としての地位は高いらしく、こうして後宮と市井を自由に出入りできるらしい。

「今日は化粧をしてなくても、恐ろしいような……」

「それは道栄様が、私に後ろめたいことがあるからでは？」

騙《だま》して後宮に連れてきたのだから、これぐらいの皮肉は許されるべきだろう。

「だから、こうして荷運びの役を買って出たのではないか」

「それはそれは、ありがとうございます」

普通に実家から後宮に品を送ってもらうと、検品が入るので十日ほど要し、その間に何か不手際があれば数週間はかかってしまうこともある。

最近はましになったと聞いたけれど、汚職まみれの怠慢な役人は信頼できない。

そこで琳麗は、裏技を使ったのだ。

宦官に直接運んでもらえば、検品も優先され、数日で手元に届く。

(借りを作ってしまうから、そう何度もは使いたくないけれど)

道栄には貸しがあるので、今回は気にせず頼んだ。

「けれどこのような物、一体何に使うのだ？　よもや飾るのではあるまい？　たいした値打ちもなかろうに」

「今回の使い方に、物の価値は関係ありませんから」

手を出して早く渡せと急《せ》かすと、訝《いぶか》しげな顔をした道栄が巻き軸を手渡してくる。

中を開けて確認すると、琳麗は頷いた。

「確かにお願いしたものです。ご苦労様でした」

どうぞお帰りくださいと頭を下げる。

「茶ぐらい出してくれんのか？　積もる話もあるであろう」

「忙しいので、それはまたの機会で」

後宮で大悪女と呼ばれている琳麗の話を聞きたいのだろう。用が済んだのに房間に居座ろうとする道栄を強引に追い出す。

不満げながらも彼は去って行った。

「瑛雪、使いをお願いできる？」

「何なりと」

琳麗は瑛雪に先ほど受け取ったばかりの掛け軸を手渡した。

「これを徳妃様に贈り物として渡して、私が会いたがっているとお伝えして」

「価値のない掛け軸を贈ってですか？　そんなことで徳妃様がお会いになるとは到底思えませんが」

すでに瑛雪を遣わせて何度か徳妃には会いたいという旨を伝えてあるが、一向に良い返事をもらえたことはなかった。

きっと、後宮の争いに関わりたくないのだろう。

「道栄様にも言った通り、これの価値は関係ないから。もしくは、人によっては価値のあるものかな？」

「……畏《かしこ》まりました。すぐに行って参ります」

掛け軸を開いた瑛雪が琳麗の意図にすぐ気づき、橙夕宮へ使いに出てくれる。そして、徳妃からも会いたいという返事を持ってすぐに帰ってきた。


琳麗は支度を済ませると瑛雪を連れて、橙夕宮に入った。

悪女として名を馳《は》せている琳麗が来れば、周囲はざわつくものだけれど、中庭を通って徳妃のいる楼まで行くのに不躾《ぶしつけ》な視線は一つもない。

橙夕宮の妃嬪《ひひん》達が徳妃の影響で礼儀正しいのもあるけれど、一番の理由は琳麗が化粧をしていないからだった。襦裙《じゅくん》も飾り気の少ないものを選んでいる。

「ぼんやりの方でよろしかったのですか？」

「いいの。おかげで歩きやすいし」

すれ違う妃に挨拶をすると、警戒心を解いて微笑《ほほえ》み返してくれる。

ぼんやり顔は後宮では人畜無害でもあるのだ。

無事に橙夕宮の楼の下に着くと、扉の前に侍女が待っている。緊張した様子の彼女は、琳麗を見て、おやっと首を傾《かし》げた。

悪女が来ると思ったら、侍女みたいなのが来たとでも思っているのだろう。

「充儀《じゅうぎ》が来たと徳妃様にお伝えください」

「わ、わかりました」

名前を告げるとより不思議そうにしながらも、侍女が扉をわずかに開けて確認する。

「どうぞ、お入りください」

中から徳妃らしき声がして、すぐに扉が大きく開け放たれた。

琳麗が頭を下げて房間に入ると、扉が微かな音を立てて閉められる。

「充儀様、こちらからご挨拶に伺うべきところ、わざわざお越しいただきありがとうございます。またお会いするのが遅れて、大変申し訳ありません。近頃、気分が優れないものでして」

徳妃の方から声をかけ、謝ってくる。

贈った掛け軸の件があるとはいえ、威嚇するように大きな音を立てて扉を閉め、いきなりわめき散らした賢妃との初対面とは大違いだ。

「こちらこそ徳妃様のご事情も知らず、お会いしたいなどと図々《ずうずう》しいお願いを何度も失礼いたしました。新しく充儀となりました琳麗と申します」

「私は名を香鈴《こうりん》といいます。以後、お見知りおきください」

丁寧な挨拶で返すと、彼女も名前を口にした。

徳妃はその名の通り、鈴の音のような凜《りん》として強くも儚《はかな》い女性に見える。

年は菫華《きんか》や桃恋《とうれん》よりは少し上だろうか。他の四夫人に比べて華やかさにかけるものの、麗人という言葉が似合いそうな美人だった。

賢くて頼りになる姉という雰囲気で、男性よりも女性に人気がありそうだ。

やや琥珀色《こはくいろ》の髪はすっきりと頭の上で結いながらまとめ、そこに綺麗《きれい》な宝玉が輝く簪《かんざし》を挿し、芍薬《しゃくやく》の花の髪飾りを右側につけている。

髪に邪魔されていないすっきりとした顔の輪郭、そして額が何とも美しい。

化粧は全体的に薄めだけれど、彼女に合ったもので、やり過ぎない程度に肌をうっすらと白くさせつつ、口紅には濃いめの紅色を、特徴的な橙色《だいだいいろ》の瞳の上の瞼《まぶた》には鮮やかな紫がかった躑躅色《つつじいろ》を差している。

襦裙は露草色で、祥雲《しょううん》が銀糸の刺繍《ししゅう》により描かれていた。

「失礼ですが、充儀様は伺っていたお姿とは違うようですが……」

自分が徳妃を観察していたように、彼女もこちらを見ていたらしい。

化粧をしていないぼんやり顔の琳麗に、控えめに尋ねてくる。

「今日は徳妃様と腹を割ってお話ししたかったので、化粧をせずに参りました」

「そうでしたか……」

徳妃は琳麗の意図がわからずに、困惑しているように見える。

この発言は他に意図がなく、真実だ。

徳と品位のある徳妃には、他の妃のように化粧をして威圧する必要はない。

彼女が抱えているであろう事情から、誠意を持って話せば、後宮を出て行ってくれるのではないかと推測していた。

そのためには、琳麗を信頼してもらう必要がある。

だから、警戒心を解く意味でも素顔で来たのだった。

「人払いをお願いできますか？」

「……わかりました」

これ以上は彼女の侍女であっても、聞かれるわけにはいかない。

琳麗がそう提案すると、しばらくして徳妃も同意してくれた。

「皆は下がっていてください」

「徳妃様、危険です！」

「悪女と二人きりなど……できません！」

徳妃が命じると、侍女達がすぐ反対の声を上げる。

当然の反応だった。むしろ、本当に周りから慕われているのがわかる。

「充儀様ではなく、私からのお願いです」

徳妃がやや強い意思を込めて告げると侍女達は何も言えなくなってしまった。立ち去りがたい様子で、彼女達が房間を出て行く。

「瑛雪も外で待っていて」

「畏まりました」

琳麗も瑛雪を下がらせると、広い房間はがらんとして、やけに静かだ。

「充儀様は私の事情を知っていらっしゃるのですね」

そう徳妃は切り出すと琳麗が贈った掛け軸を取り出し、床へと広げた。

そこには湖畔に映る月を見ている女性が描かれていた。よく知られた水墨画だが、これは模造品だ。出来自体も酷《ひど》いもので道栄が言ったように価値などないに等しい。

けれど、これこそが琳麗が徳妃に向けた秘密の伝言だった。

この水墨画は、遠い戦地にいる恋人を思う女性が、せめて彼と同じ景色を見ていたいと月を眺めている姿を描いたもので、今の徳妃に重なる。

つまり、掛け軸を贈ることで琳麗は、貴女《あなた》の事情を知っているのですよ、と暗に彼女に伝えたのだ。

徳妃としては真偽を確かめるため、会わないわけにいかなくなった。

「はい。確信はありませんが、数日前矢文を受け取る徳妃様をお見かけして、もしやと」

「そうですか。いつかは誰かに気づかれると思っていました」

徳妃が悲しげに微笑む。

もしかすると、彼女は気づいてほしかったのかもしれない。

「不貞で首をはねられるのも覚悟の上、陛下にお伝えくださってかまいません」

「そんなことしませんよ」

琳麗が黙っているのと引き替えに何かを要求するのだと思っていたのだろう。否定すると、徳妃は驚いて、次に警戒した。

「最初に言ったではないですか、腹を割って話したいと」

「ですが……不貞を働いた妃に、充儀様は一体何を求めて……」

琳麗の言葉に、徳妃が戸惑っていた。

いきなり後宮一番の大悪女を信じろというのが無理難題だ。

「後宮に男を招き入れたわけではないのですよね？」

「もちろん、そのようなことはしておりません」

「でしたら、今はたいした罪ではないと私は思いますよ」

さすがに後宮に男を招き入れたとなれば、死罪は免れない。けれど誠実な徳妃がそんなことをするわけがなかった。

「首をはねられるのを覚悟しているのでしたら、思い切って私に詳しい事情を聞かせてはくれませんか？　徳妃様の力になれるかもしれません」

「充儀様が……私を、助ける？」

「実は――」

半信半疑といった様子の徳妃に、琳麗はまず大悪女となった自らの事情を話した。

自分も後宮から出るのを望んでいること、邵武から後宮の妃嬪を減らす手伝いを任されていること、出て行くのはむしろ歓迎されることなどを、かい摘まんで話す。

「充儀様、話していただきありがとうございます。ですが、私は……」

こちらの事情を話しても浮かない表情のままだったけれど、徳妃は自らの抱える事情を丁寧に教えてくれた。

「私は譚家《たんけ》の生まれです」

そう切り出したことが彼女の表情の理由をすべて物語っていた。

譚家とは市井でも大層有名な、古くから皇帝に仕えてきた名家だ。

一族から大将軍や丞相《じょうしょう》といった国での重要な役職者を何人も輩出し、ずっと国を支えてきたと言っても過言ではない。

そして、あまり知られてはいないが、最初に生まれた女子を必ず後宮に入れるのが譚家の習わしになっていた。

徳妃となる香鈴は長子で、生まれた時から後宮に入ることを運命づけられる。

しかし、彼女は不幸にも皇帝の元へ行く前に恋をしてしまった。

相手は幼馴染《おさななじみ》であり、譚家の分家の男性で、本当は徳妃を守るために宦官《かんがん》となって一緒に後宮に入ることが初めから決まっていた者だ。

香鈴には、それがどうしても受け入れられなかった。

自分が後宮に行くのは決まっていたこと、今更文句を言うつもりはない。けれど、恋人が自分のせいで宦官にされてしまうのは、耐えられない。

せめて、彼には自分のことを忘れて幸せになってほしい。

そう伝えて別れを切り出したのだけれど、彼は思いを受け入れてくれなかった。

このままでは埒《らち》があかず、後宮入りまでの日が迫り焦った香鈴は、実家にすべてを話してしまった。

連れて行くのが恋人だったとわかれば、譚家は否が応でも彼を宦官にするわけにはいかないからだ。

結果二人は引き離され、恋人は分家からも勘当されてしまう。

しかし、後宮に入ってからも二人の熱は醒《さ》めなかった。会えずとも矢文で思いを募らせていく。

結局、香鈴は皇帝の寵愛《ちょうあい》を受けられず数年が経《た》ったけれど、それでも譚家は香鈴が後宮から出ることを決して許さなかった。

戻ればその時待っているのは死だと、暗に脅すことさえあったという。

「酷い話ですね」

端から考えていなかったとはいえ、恋人と今も通じているので不貞だと徳妃を無理やり追い出さなくてよかったと心から思った。

そんなことをしたら、彼女は破滅的な道を辿《たど》るしかないだろう。

「徳妃様、後宮から出たいですか？　もう一度彼と会いたいですか？」

琳麗は彼女の手を取って尋ねた。

今ならまだ間に合う。徳妃を正しい所へと戻してあげられる。

彼女の居場所は後宮でも実家でもなく、きっと愛する彼の元だ。

「許されることではないとわかっています。けれど……会いたい……一目だけでもいい……会いたい。会って詫《わ》びたいのです。私を好きになったあまり、貴方《あなた》まで不幸にしてごめんなさいと」

徳妃の綺麗な橙色の瞳から、一粒の涙が落ちていく。ずっと心の内を誰にも話せず、一人で抱えているのも限界だったのだろう。

「では私のことを信じることができますか？　何をされても信じると誓えるなら、きっと助けて差し上げます」

「信じます。だから、だから、お願い……」

徳妃が縋《すが》るように手を握り返してくる。

「助けて差し上げましょう。大悪女の名に恥じない私のやり方で！」

もちろん何の根拠もなく言っているわけではない。

徳妃を救うとっておきの策を、琳麗はすでに考えついていた。


数日後の夜、後宮内にある霊廟《れいびょう》の中で、悪女の風貌の琳麗は呼び出した相手が来るのをじっと待っていた。

艶《あで》やかな襦裙《じゅくん》をまとい、化粧も悪女に相応《ふさわ》しい濃い色をしている。

緋色《ひいろ》に彩られた唇の端を吊《つ》り上げると、威厳に満ちた表情となり、派手な顔が灯《あか》りにより煌々《こうこう》と照らされた。

そこは多数の灯籠が天井から吊るされているので、柱や梁《はり》などの黄金の装飾に灯りが反射して、夜の室内にもかかわらず眩《まぶ》しいほどだ。

建物の一番奥にはびっしりと文字が書かれた大きな柱が左右にあり、その間に階段状の祭壇が祭られている。内部は全体に赤と金色で派手に塗られていた。

先祖の霊を祭っている場所ではあるが、特定の日以外はほぼ誰も来ないので死体を運び込むには打ってつけである。

「やっと来ましたわね？」

足音がして、半分開けてある霊廟の扉から人影が見える。

中に入ってくると、すぐに何者かによって霊廟の扉が閉められた。

「充儀様、このような場所で、遅い時間に一体何のご用ですか？」

来たのは徳妃と一人の侍女だけだった。

灯りを持ち、少し怯《おび》えながら、それでも彼女は気丈に振る舞っていた。化粧をした悪女の琳麗を見て、怖がっているようにしか見えない。

（本当に怖がって……ないよね？）

「人のいるところで話したら、困るのは貴女では？」

琳麗は必要以上に声を張り上げた。霊廟の外まで聞こえるようにするためだ。

彼女達が本当に二人で霊廟へ来たとは思っていない。徳妃を心配して、きっと数人が後をつけているだろう。

その者達には証人になってもらう。

「おっしゃっている意味がわかりません」

「貴女の秘密を知っています、と言えばいいのかしら？」

徳妃に妖しい笑みを向ける。

自分でも、すっかり大悪女ぶりが板に付いてきてしまったと思う。

「外の男と連絡を取り合っているのでしょう？　後宮に入る前から恋人だった男と」

「……手紙を何度か受け取っていた、ただそれだけです。何も――」

「本当にそうかしらね。陛下はそう思うかしら？」

食い気味に言うと、徳妃がきっと睨《にら》みつけてくる。

「私を脅すつもりですか？」

「後宮の良心と呼ばれる貴女を、大悪女と呼ばれる私が脅すなんて、とんでもない」

徳妃の隣にいる侍女は二人のやりとりに本気で怯えて、今にも気絶しそうだ。

ちょっと可哀想《かわいそう》なことをしているけれど、致し方ない。

(徳妃様の一番の侍女を拝命したのだから、もっと頑張りなさい！)

心の中でだけ不憫《ふびん》な侍女を応援する。

「貴女《あなた》に機会をあげるだけ。不貞の罪を償うためのね」

そう告げると、琳麗は手に持っていた小瓶を徳妃と侍女に手渡した。

「これは……」

「私の口からお聞きになりたいですか？　賢い徳妃様なら察しはついているのでしょう？

飲んだらゆっくりと安らかに眠ることができるお薬です」

ガクガクと侍女が震え出し、小瓶を落としそうになる。

(予備なんて持ってないから落とさないで！)

すると徳妃が小瓶を握る侍女の手を握る。

これで落とさないで済みそうだ。

「この子は巻き込まないで。私さえいなくなればいいのでしょう？」

「よくわかっていらっしゃるわ。邪魔なのは貴女一人」

侍女が恐怖で震えながらも、駄目だと徳妃を見ながら首を何度も横に振る。

「約束して。侍女にも、実家にも手を出さないと」

「私が興味あるのは、陛下とこの後宮だけですもの」

琳麗が答えると、徳妃が自分の手にある小瓶をじっと見つめる。

そして、それを口元に持っていった。

「駄目です、徳妃様！」

霊廟に侍女の小さな悲鳴が上がる。

けれど、徳妃は一気に小瓶を飲み干し、崩れるように倒れ込んだ。間一髪で、侍女がその身体《からだ》を受け止める。

（すごい効き目、怪我《けが》をしていないといいけれど）

「息……息をしていない……」

侍女が青ざめていた。

騒ぎを聞いて、外から扉が激しく叩《たた》かれる。

「さあ、貴女も早くお飲みなさい」

「えっ……徳妃様は、ご自分以外を巻き込まないと約束を」

「何を言っているの？　私はそんな約束してないわ」

（早く飲んで！　扉が開けられてしまうでしょ！）

実は焦っているのは琳麗の方だった。

「人でなし！　悪女！」

「それは私にとっては褒め言葉ね」

（ええい、仕方ない！）

琳麗は侍女から小瓶を奪うと、強引に屈《かが》ませて侍女の口に流し込む。

「恨んでやる……呪って……」

そう言うと、侍女はがくっと身体の力が抜けて徳妃の横に倒れ込んだ。

ちょうど外にいた他の侍女達が扉を破る音がする。

「…………」

琳麗は道具を取り出すと、二つの死体に死に化粧を施していく。

「さあ徳妃様、謝罪の言葉をどうぞおっしゃってください」

駆けつけた者達が目にしたのは、死に化粧を施された徳妃と侍女の二つの死体と、それを満足げに見る琳麗の姿だった。

瞬く間にこの出来事は後宮内へと広まっていった。

駆けつけた徳妃の侍女達によって、歪曲《わいきょく》されて――。

後宮を我が物にしようとしている大悪女の充儀がまた一つ悪事を重ねた。

神聖な霊廟で、確たる証拠もないのに四夫人の一人、徳妃へ不貞の罪を被《かぶ》せ、毒殺してしまった。

しかも殺した後に、徳妃に死に化粧までするという極悪非道さだったと。

死に顔も支配する恐ろしい大悪女――また一つ新しい悪女譚《たん》がここに誕生した。


数日後の昼、琳麗はいつになく上機嫌だった。

「陛下に呼ばれて、初めて嬉《うれ》しそうですね」

遠慮のない瑛雪が、不敬になりそうなことを口にする。

間違ってはいないので仕方がない。

今日は邵武から茶会に誘われていた。

「だって、これでお役目は終わったわけだし、夜ではなくて昼に会うから私の刑期も延長しないし」

後宮にいる期間を刑期と言ってしまう辺りは、瑛雪と変わらない。

でも、思わず冗談を言いたくなるほど嬉しかった。

（これで数ヶ月後には市井に戻れる。どこへだって行ける。自由って素晴らしい！）

そう思うと、化粧も衣装も気合が入る。

菫色《すみれいろ》に桃色の落花流水《らっかりゅうすい》の模様のある襦裙に、薄紫の披帛《ひはく》を重ねた。

化粧は目元を強調するような派手なもので、頬紅は橙色《だいだいいろ》を含んだものを合わせる。

「じゃあ話をつけてくるわ！」

とても皇帝の茶会に向かう時の言葉ではないのだけれど、瑛雪はつっこんでこない。

代わりに去り際、彼女は不吉なことを口にした。

「後宮入りの時といい、お嬢様が上機嫌の時に限って、すぐ後で良くないことがあるんですよね」

琳麗は、辛辣な侍女の呟《つぶや》きは聞こえなかったことにした。


茶会の場所は、後宮にある庭園だった。

そこは大きな池の上に設えられた二階建ての茶室で、壁は柱部分を除いてほぼ窓になっているので、四方の美しい景色が見渡せる。

水面を通って冷やされた風が気持ち良く、今日のような晴れて暖かい日には、とても快適な場所だった。

一応、皇帝主催の茶会ということで琳麗だけを招待するわけにはさすがにいかない。

四夫人と九嬪《きゅうひん》も呼ばれていたけれど、大多数は何かと理由をつけて欠席していた。実際に出席したのは、琳麗とその取り巻きの妃《きさき》数人だけだ。

大悪女とは顔を合わせたくはないのだろう。

琳麗としてもせっかくの大悪女の任を解かれる良い日なのに、他の妃を相手にしたくないので助かる。

（明日からは手強《てごわ》い四夫人に対峙《たいじ》する必要もなくなって、好きなだけ化粧品の研究に没頭できるはず）

茶を飲み、後宮一と言われる庭の景色を眺める。琳麗はご満悦だった。

「私は陛下とお話があるから、皆はそろそろ戻っていて」

しばらくして、他の妃を下がらせる。

「ふふっ、わかりました。充儀様はごゆるりとなさってください」

（んっ？　人払いして、邵武様と二人きり）

見れば、去っていく妃達の中には二人をちらちらとみて、恥ずかしそうにしている者もいる。

（もしかして昼間からここで……とか思われた!?）

訂正したいけれど、妃達の姿はもう茶室にない。

寝所に呼ばれたわけではないので、お手つきには含まれないと思いたい。

「どうかしたのか？　顔が赤いようだが？」

人払いしても何も話さない琳麗に、邵武が尋ねてくる。

「ごほん！　な、何でもありません！」

気を取り直すと、邵武に茶を注ぐ。

皇帝が飲む高級品らしく、良い香りが辺りに広がっていく。

「お前も飲め。今回の功労者なのだからな」

今度は邵武が茶器を手にする。目上の者から茶を注ぐことはまずない。琳麗の労を労《ねぎら》ってくれているのだろう。

いつの間に調べたのか、琳麗の好きな桃饅頭《まんじゅう》や餅菓子を山のように積んでくれている。

「徳妃様の件はすべて片付いたのですか？」

「安心しろ、お前に頼まれた通りにした」

今回の件は徳妃の不貞ではなく、無実の罪を被せられたことにして、彼女の家や侍女には罪を問わないようにしてもらった。

そして、徳妃本人のこともお願いしてある。

「しかし、死体を二人分用意してもらえるかと言われた時は驚いたぞ。殺せという意味かとな」

「そんなわけないでしょう」

実は、徳妃とその侍女は死んではいない。

二人が毒薬を飲んで床に倒れてから、扉を破って入ってきた者が来るまでの短い間に、隠れていた邵武の手の者の助けで死体とすり替えたのだ。

しかし、二人に似ている者を用意してほしいと言ったはずなのに、体型と年齢が近いだけで顔はかなり違った。

だから、琳麗は死体が似ていなかった時のために用意してあった化粧道具で、慌てて死に化粧を施して誤魔化したのだ。

普段ならそれでも気づかれてしまうだろうけれど、徳妃が死んだと思って気が動転している彼女達にはわからない。

一方、本当の徳妃と侍女は、死体袋に入れて、後宮の外へと運ばれる。

すでに彼女の想い人には話がついていて、目を醒《さ》ます頃には二人は再び出会うという手《て》筈《はず》になっていた。

二人に飲ませた毒薬は、二人用に合わせて量を調整してもらった気を失うだけの薬だ。

もちろん、危険はあるけれど、死ぬよりはましだろう。

今後の生活に困らないように、侍女を一人だけ巻き込み、当分困らないだけの大金を、これまでの後宮での給金として渡してもある。

徳妃はきっと幸せになれるだろう。

「これだけして、すぐに想い人と上手《うま》くいかなくなった、などということがないといいのですが」

「想い合っているのだろう。ならば、大丈夫ではないのか？」

「恋や愛なんてあやふやで、先がどうなるかはわからないものです」

愛憎なんて言葉があるぐらいだ。恋する女性に化粧を売ってきた琳麗としては、どうも色恋を信用できない。

後宮での皇帝と妃の関係のほうがよっぽど健全に思えてしまう。

「随分と醒めているものだな。まあ、俺が言えた口ではないが」

邵武が苦笑いする。何だかその顔が妙に気になった。

——邵武様と私の関係って何だろう？

明らかに普通の皇帝と妃ではない。

甘い関係ではもちろんないし、友人や、同僚でもない。

あえて言うならば、ある目的のために手を取り合っている同志や協力者といったところだろうか。

（そういえば、これでもう会えなくなるのか）

後宮から出る条件を満たした喜びで忘れていたけれど、市井に出れば皇帝である邵武と会う機会などまずない。琳麗はただの商家の娘なのだ。

つまりはこれっきりというわけになる。

（この感情は……なんだろう、寂しい？　皇帝と会えなくて？　ありえない！）

琳麗は人の顔を見れば、大抵感情が読めるけれど、自分の感情はよくわからない。

「客観的にそういうものだというだけです！　もぐもぐ」

琳麗は誤魔化すように菓子を口に詰め込んだ。

「ところで、これで約束通り四夫人が二人減ったので――」

「そろそろだな」

甘くなった口の中を茶で元に戻したところで、琳麗は話を本筋に戻そうとしたけれど、なぜか邵武に遮られてしまった。

「何がです？」

「宦官《かんがん》から聞いていないのか？　新しい賢妃を決める任命の儀だ」

「えっ……」

寝耳に水だった。この手の行事は担当の宦官から伝えられる。

琳麗の担当といえば、道栄以外にいない。

（道栄様め、わざと伝えなかったわね）

「四夫人がいつまでも不在のままなのは、都合が悪い。かといって、すぐに決めると支障がでる。だから、一定期間空けてから決めることになった。七日後だ」

邵武の言ったことは尤《もっと》もだった。

四夫人は他の妃とは違い、各宮とそこに所属する妃を管理する義務がある。賢妃がいなくなった朱花宮は、何となく琳麗が瑛雪に手伝ってもらって取り仕切っているけれど、そろそろ明確化するべきだろう。

琳麗が大悪女でいる必要もなくなるので、時期としては最適とも言える。

「次の賢妃にはどなたがなるのですか？」

普通から言えば、四夫人が欠けたらその下の九嬪から誰かを一人上げるのだろう。もしくは外から有力な家の女性を新たに後宮へ迎え入れるということもある。

しかし、後者は後宮の妃嬪《ひひん》の数を減らすという邵武の方針に反するから前者だろう。

「お前に決まっているだろう。ちゃんと任命の儀には出席しろよ」

「いやいやいや……なんで私が賢妃に」

全力で否定する。とても、とても嫌な予感がしたからだ。

「琳麗よりも相応《ふさわ》しい者がいると思うか？」

他の九嬪の中に四夫人にするほどの器量のある者がいるかは、確かに疑問だった。

そうだとしても、琳麗が後宮内で大悪女として権力を振るっていたのは、邵武の命に依《よ》るものだ。

自分が賢妃になるために他の妃を追い出したり、追い抜いたりしたわけではない。

「せっかく二人に減らしたのに、今のまま空位でもよくないですか？　三人に戻ってしまいますよ」

賢妃を指名しない方向に持っていこうとすると、邵武が待ってましたとばかりに、嫌な笑みを浮かべた。

「そうだな、せっかく二人がいなくなったのに、また三人に戻る」

「……まさか！」

嫌な予感が的中する。

いますぐ席を立って聞かなかったことにしたいけれど、それでは問題が解決しない。

「お前はいつも話が早くて助かるな」

「まだ何も言っていません！」

しばらく邵武との無言の睨《にら》み合いが続く。

（これ他人からしたら、見つめ合っているように見えるのかな）

「はぁ……四夫人が三人に戻ったからさらに一人減らせ、などと鬼畜な発言はしませんよね？」

結局、先に根をあげたのは琳麗の方だった。

「俺がお前に頼んだのは一人減らせではなく、半分にしろだったからな」

「もう無理です！　顔面が持ちません」

もう、琳麗は力の限りを尽くして頑張ったのだ。

化粧をすれば演じられるとはいえ、後宮の妃嬪相手に大悪女はそろそろ威厳ぎれである。

邵武にまくし立てるも、彼はのらりくらりと悪い笑みで琳麗を宥《なだ》めるだけでとりあってくれない。

（計られた……）

彼は元からそのつもりだったのだろう。

一人減らすのならばできるかもしれないと、琳麗に思わせたのだ。

「なに、悪いことばかりではない。賢妃に指名されれば、さらに動きやすくなり、残る二人の四夫人とも対等になって事が運びやすくなるだろう。そう難しいわけではない」

賢妃になる利点は実際あるとはいえ、気軽に言ってくれるものだ。

じとっと邵武を睨みつける。そして、大きなため息をついて――諦めた。

「わかりました。でも次の一人で本当に最後ですからね！」

「ああ、皇帝に二言はない」

今度こそ言質を取ったはずだ。

どちらにしろ、残り約九ヶ月は後宮にいなくてはならない。だったら、賢妃として朱花宮を住みやすくしつつ、残り一人を何とか追い出せばいい。

もしかすると、未《いま》だに会えていない貴妃が徳妃のように話せば分かる人かもしれない。

「朱花選《しゅかせん》の儀《ぎ》は七日後だ。くれぐれも欠席や遅刻はしてくれるなよ？」

「わかっています！」

琳麗は諦めると、腹いせのように目の前にあった菓子をぱくぱくと食した。

※　※　※

今は使われていないはずの房間《へや》で、灯《あか》り一つない中に、着飾った女性が宦官らしき服装の男性と会っていた。

「次の賢妃に陛下はやはり充儀を推すようです」

「もう、最悪！」

状況から見ればわかりきっていたことだけれど、怒りを爆発させずにいられなかった。

にっくき大悪女が賢妃と呼ばれ、自分と同じ地位になるなんて、耐えられるわけがない。

「何か手はないの？　たとえば――……そうだ！　毒を盛るとかどう？　あいつも徳妃を毒殺したんだし、自業自得じゃない！」

「充儀は陛下の寵愛《ちょうあい》を受けております。毒を盛った犯人捜しになった場合、真っ先に疑われるのは……」

想像しただけで血の気が引く。

証拠などなくても、犯人だと決めつけられるだろう。

そうなれば、自分はもう終わりだ。

「下手をすれば、それを誘っていることも考えられます」

大悪女が後宮を牛耳るため、次々に四夫人を排除しているのは明らかなことだった。

残るは貴妃と淑妃の二人だけだ。

「もう、嫌っ！　何とかしてっ！」

いやいやと首を横に振る。

「落ち着いてください。手がないとは申しておりません」

「あるの？　あるなら早く言いなさいよ！」

思わず手助けしてくれる宦官を咎《とが》める。

どうも充儀が後宮に来てから、苛々《いらいら》することが多くなった。

悪い噂とはいえ、皆が彼女のことばかり話す。

充儀さえいなくなれば、きっと元のように皆が自分を中心に回ってくれるだろう。他人を気にすることもなくなるに違いない。

(わたしはこんなにも可愛《かわい》いのだから)

大悪女がいなくなれば、目を覚ました皇帝が自分に夢中になるに決まっている。

そうでないと──。

(もう昔には戻りたくない!)

今でこそ後宮で最も位の高い一人ではあるけれど、生まれ落ちたのは貧しい農村にある粗末な家屋だった。

幼い頃から天女のような美貌を持ち合わせていた自分は、最初に村の長の家に引き取られ、次に村と取引する商人に買われ、さらには周辺を牛耳る豪族の養女となって、最後に後宮へとたどり着く。

商人に買われてからは、何一つ不自由ない生活をしてきたけれど、それでも常に空腹と寒さに怯《おび》えていた幼い頃の記憶を今でも忘れることはない。

もし後宮を追い出されたら、用済みの自分を実家がどうするかは考えたくもなかった。

「どうするの? どうやってあいつが賢妃になるのを阻止するの?」

「それは充儀が朱花選の儀に姿を現《あら》わさなければ良いのです」

宦官が詳細を耳打ちしてくる。

「いいけど、全部、わたしの知らないところで起こったことにしてよ」

自分の念押しに宦官は頷《うなず》くと、房間から出て行く。
この男もどこまで信用できるかわからない。
けれど、それはお互い様だ。
「ふふふ……」
(賢妃になるのを阻止するだけなんて手緩《てぬる》いわ。この機会に追い出してやらないと)
彼が思いついた中途半端な企《たくら》みを、さらに利用してやることにする。
(正妃となるわたしが利用してあげるのだから、光栄なことよねー)
誰に見せるでもなく、天女と称される笑みを一人浮かべていた。

七章　宴と誘拐事件

新しい賢妃《けんひ》を指名する朱花選《しゅかせん》の儀が行われる日の朝が来た。

四夫人をもう一人追い出す必要があったけれど、ひとまずそれは忘れて、今日まで琳麗《りんれい》は儀式のための準備を入念に行っていた。

不備を他の妃《きさき》から指摘され、賢妃になるのに異議を唱えられると色々と面倒だからだ。

実家から新しい衣を取り寄せ、賢妃に相応《ふさわ》しい装飾品を選ぶ。

最も重要なのは他の四夫人がどんな物を身に着けるかを探ることだった。色や素材が被《かぶ》れば、相応しくないと言われかねない。

これについては、侍女の話から探る瑛雪《えいせつ》と、物の流れから探るために道栄《どうえい》にも働いてもらった。

道栄は年寄りに鞭打《むちう》つ気かと文句を言っていたけれど、琳麗が賢妃になる恩恵は担当の宦官《かんがん》でもある彼自身も受けるので、それぐらいはしてもらわないと元が取れない。

そして、用意をすべて終えて迎えた当日、琳麗は早朝から気合を入れて化粧を始めた。

肌はいつもよりも念入りに保湿してから、肌色へと塗る。

凹凸を作る影の粉には、雲母《うんも》入りの銀色がかった粉を使用し、角度によってはかすかに光るように陰影をつけていく。

瞼影《アイシャドー》は、桃色から緋色《ひいろ》へと色の移り変わりを作って、目尻には華やかな黄色を入れた。一筆で引いた目の上の線は焦げ茶色で、その下は華やかな薔薇色《ばらいろ》の頬となっている。

紅は赤みがかった濃い桃色で、艶を出す油分が多く含まれた配合であった。

唇には三日月ではなく、ぷるりとした半月の潤いがある。けれど、甘さはなく、満たされた妃嬪《ひひん》の自信満々な笑みを強調する輝きだ。

瑠璃色の襦裙《じゅくん》はとっておきの鮮やかな色合いで、鹿が霊芝《れいし》をくわえる華やかな刺繍《ししゅう》が赤、青、緑の絹糸により施されていた。

披帛《ひはく》は透ける白色で、縁取りが金色となっていた。歩くたびにそれが、キラキラと輝いて見える。

「さすが琳麗様、どこからどう見ても立派な後宮一番の大悪女です」

瑛雪が褒めているのか、けなしているのかわからない感想をもらす。

鏡に映る自分の姿は、自画自賛したい出来映えだった。これならば、誰の目にも四夫人として相応しく映るだろう。

（邵武《しょうぶ》様はこれでも気に入らないのかしら？）

ぼんやり顔が好きだという彼には、どれだけ化粧をしても喜ばれることはないのかもしれないけれど、いつか化粧した顔を美しいと言わせたい。

（いや、ずっと後宮にいるわけではないし！）

自分の考えを自ら突っ込む。

「琳麗様、わたしは会場に行って準備の整い具合を確かめてきます」

「お願いね」

四夫人ともなると会場に行く順番も重要になる。

早く行きすぎれば他の妃達が困るし、せっかちだと馬鹿にされる。頃合いを見て、向かわなければならない。

もし、淑妃《しゅくひ》や貴妃《きひ》とばったり途中で会ったりしたら、どちらが先に行くかで揉《も》めて面倒なことになるだろう。

だから、琳麗は皇帝である邵武を除いて、最後に行くと決めていた。そのため、瑛雪には先に会場に行って頃合いを見て戻ってくるように伝えてあった。

「充儀《じゅうぎ》様、充儀様」

そろそろ瑛雪が戻ってくる頃だと思っていると、誰かが扉を叩《たた》く。

「どなたです？」

「陛下の使いの者です。すでに全員が席についたので早く来るようにとのことです」

「えっ？」

瑛雪が知らせてくれるはずなのに、何か問題があって戻れないのだろうか。

心配だけれど、ひとまず朱花選の儀を行う場所に向かった方が良さそうだ。皇帝を待たせていると分かれば、淑妃辺りがうるさいだろう。

「ささ、ご案内いたします」

扉を開けると、外に立っていたのは見知らぬ宦官だった。

邵武の右腕である玉樹《ぎょくじゅ》ではない。けれど、皇帝の使いとして彼以外の宦官が来ることは、多々あることだ。

「お願いしま――」

房間《へや》から一歩踏み出したところで、息を飲む。

琳麗の死角となる扉の脇に、さらに二人の男が立っていた。

「んんっ！　んんん――――！」

声を上げて逃げようとするも、すぐに布で口を塞がれる。

三人の男によって羽交い締めにされると、すぐに大きめの麻布を頭から被せられる。

「例の場所へ連れて行け」

宦官らしき声が聞こえてきて、男達に持ち上げられたのだろう、琳麗の身体《からだ》が浮いた。

(やられた)

普段、昼間の後宮内で人さらいなんてすれば、すぐに武官が飛んでくるだろうけれど、今は朱花選の儀の前で、妃達は全員出払っている。

必死に声をあげたところで、誰かに気づいてもらえる可能性は低い。

(まあ死体袋で運ばれるよりはいいかもしれない)

琳麗は抵抗するのをやめて、大人しく運ばれることにした。

※　※　※

琳麗が攫《さら》われた頃、邵武は会場となった後宮一の花園に張られた天幕の中で、朱花選の儀が始まるのを小さな椅子に座って待っていた。

皇帝である自分が姿を現わすのは儀式が始まる時になるので、それまではここで控えている。

儀式用の装束は、紫紺に金糸で龍鳳呈祥《りゅうほうていしょう》が描かれた袍《ほう》であった。髪を結い冕冠《べんかん》を被ると、視界では金の粒がチリチリと揺れる。

賢妃指名の場といえども、実際には宴と何ら変わりない。

指名とは名ばかりで、妃を一箇所に集め、すでに決まっている名を皇帝が宣言するだけの形式的なものに過ぎなかった。

終われば、全員に酒と食事が振る舞われる。

今回も景色の良い花園が会場に選ばれ、天幕で三方を囲ったところに、卓がずらりと並んでいた。これでも妃の数は当初の半数になったものだ。

(琳麗がどんな格好で来るのか楽しみだな)

おそらく邵武の好みの顔ではなく、大悪女らしい方の顔だろうが、大舞台の主役ということできちんと着飾ってくるだろう。

(華やかな琳麗を見るのが実に楽しみだ)

不思議と邵武は以前よりも、化粧をした女性の顔が苦手ではなくなっていた。

おそらく、自分は厚化粧が苦手なのではなく、皇帝だからとすり寄ってくる者が苦手だったのだろう。

琳麗はまったくと言って良いほど、当てはまらない。

どちらかというと皇帝という立場を疎ましく思っているだろう。それでいて、必要以上にへりくだることもしない。

しかも頭の回転が速く、一緒にいて退屈もしない。

そんな女性は今まで他にいなかった。

だから、彼女の素顔に気づけなかった自分をひどく恨んだ。

本人に伝えるのはもっと先になるだろうが、将来的に後宮は彼女とその世話をする最低限の者だけにするつもりだ。

ずっと隣に置くなら、気難しい美人ではなく、あのような者が自分には合っている。いつかは周囲を説得し、正妃に迎えても良いとまで邵武は思っていた。

賢妃に指名するのは、最初の地固めだ。

(最初は悪役を押しつけようと思っていたのだが、こうなるとはな)

次期皇帝として育てられた邵武は全体を見て、先を予測することに長《た》けている。

それでも琳麗については大いに予想外だった。

大悪女にしてしまったのも今では後悔しているのだが、自分と彼女が力を合わせれば今後、他者への印象は何とでもなるだろう。

「玉樹、まだ始まらないのか？」

考えごとをしている間に朱花選の儀の準備が整うと思ってはいたが、まだその気配が感じられない。

「確かに遅いですね。少し様子を見て参ります」

側に控えていた玉樹が天幕から出て行く。

邵武も気になってきて、天幕から会場をそっとのぞき見た。

大部分の妃がすでに席に着いているようだが、そこに琳麗の姿はない。

彼女が来たら、静かになるか、騒がしくなるかのどちらかのはずなので、まだ到着していない可能性が高い。

（嫌な予感がする）

琳麗は根が真面目だ。

いくら賢妃になるのが嫌になったとしても、当日になって黙って姿をくらますような者ではない。事前に邵武へ断りを入れてくるだろう。

そうだとすると、誰かの妨害にあって来られなくなったと考えるべきだ。

「陛下、琳麗様の侍女を連れて参りました」

様子を見に行った玉樹が、女性を一人連れて戻ってくる。

この者には憶《おぼ》えがあった。

名をたしか瑛雪、素顔の琳麗が邵武に嘘《うそ》をついて言った侍女の名前だ。

「それで琳麗はどうした？」

「準備をすべて済ませて、房間でお待ち頂いていたのですが、会場に行く時期をわたしが確認して戻ってくるとお姿が見えなくなっておりました。必死に捜してはいるのですが、未《いま》だ見つかっておりません」

推測が間違っていないことを、瑛雪の言葉で確信する。

(まさか、強硬策に出たのか!?)

朱花選の儀に出席しなければ、琳麗が四夫人にはなれないと考えたのだろう。

何らかの妨害にあうことは予想できたけれど、まさか誘拐されるとは思わなかった。

(俺の考えが甘かった)

後宮の妃《きさき》では、嫌がらせくらいのことしかできないと思っていたのだが、窮鼠《きゅうそ》猫を嚙《か》むという言葉を忘れていた。

「琳麗が危険だ。玉樹、宦官《かんがん》に後宮中を捜させろ」

「畏《かしこ》まりました」

邵武は席から立ち上がると、すぐ玉樹に命じる。事をあまり大きくはしたくないが、そんなことを言ってはいられなかった。

早く彼女を見つけなければ、命にかかわるかもしれない。

すでに怪我《けが》をしていて助けを求めているかもしれない。

（琳麗が……死ぬ）

そう考えると、血の気が引いていく。

常に冷静であれと育てられた邵武にとっては、初めてのことだ。父親である前皇帝が死んだ時でさえ、焦ったことなどなかった。

（報告を待ってなどいられるか！）

「瑛雪といったな？　ひとまず付いてこい」

「はい、陛下」

邵武は瑛雪を伴って天幕の外へと出る。

朱花選の儀が始まるのを待っていた妃達が、いきなり現れた邵武に驚いている。

「皆の者、よく聞け。今日、充儀を見た者がいたら名乗り出よ」

声を張り上げ、集まっている者達に尋ねる。

今は少しでも琳麗を見つける手立てが欲しかった。

「お姿をお見かけしなかったのでもしやと思っていましたけれど、琳麗さんの行方がわからないのですか？」

しばらく誰も声を上げない中、淑妃の桃恋《とうれん》がしらじらしく尋ねてくる。

とぼけてはいるが、彼女は多分に怪しい。淑妃は一度琳麗と衝突しているし、次は自分が追い出されるかと焦っている一人だからだ。

「淑妃は今日、充儀を見たか？　正直に答えよ」

今は淑妃に合わせて、平静を装ってはいられない。邵武はじろりと睨《にら》みつけて尋ねるのではなく、命じた。

「ですから見てはおりません……けれど……」

わざとらしく視線を逸《そ》らして、戸惑うふりをする。

計算高いその様子が、今はかんに障った。

自分の嫌いな女性とは、彼女のような者だ。自分の思い通りに相手を動かそうと、言葉や仕草を装うばかりで、本心が伴っていない。

彼女なりの事情があるのだろうが、それを自分が汲《く》んでやる義理はないだろう。

下心が透けた演技は、見ていて不快にしかならなかった。

「最近、空いている房間《へや》で宦官と逢《あ》い引《び》きをしている者がいると聞いたことがあります」

「それと充儀が姿をくらましたのと、何の関係がある？」

我慢して彼女の話に付き合う。今、何より重要なのは琳麗を見つけることだ。

「実は見た者がいるんです。琳麗さんがそこへ出入りしているって」

つまりは、淑妃は誰かが監禁したのではなく、あくまでも賢妃になるのが嫌で宦官と逢い引きしていたという構図にしたいのだろう。

「そんなわけありません！」

淑妃の発言に琳麗の侍女である瑛雪が反論の声を上げる。

「信じたいのはわかるけれど……貴女《あなた》はずっと一緒にいたの？　琳麗さんが貴女を連れずに出掛けたことは一度もない？」

「それは……」

瑛雪が言葉を濁す。優秀な侍女もさすがに四夫人には強く出られないのだろう。

「まったく浅はかだな」

邵武は思わず声に出していた。

逢い引きするなら、目立つ宴《うたげ》の直前にするわけがない。

おそらく、繋《つな》がっている宦官に琳麗が出席できないように監禁させた上で、それを邵武に見つけさせ、不貞の現場だと言い張りたいのだろう。

これならば、琳麗と淑妃が利用して捨てる宦官を同時に始末できて、淑妃にとって都合が良い。

謀略なら、皇帝の座についたばかりの頃に、嫌というほど経験してきた。このぐらいのことが見抜けない者が皇帝の座にいられるわけがなかった。

「えっ？　陛下、今何と？」

「何でもない。充儀はどこにいる？」

（淑妃の詮議は後だ）

矛盾を指摘するよりも、琳麗を救い出すことを優先する。

「見たのは橙夕宮《とうゆうきゅう》の一室だそうです、ご案内します」

「行け！」

しかし、淑妃は向かおうとしなかった。なぜか下を向いてその場から動かない。

「どうした？　早く充儀の元に案内しないか！」

「そ、それが……」

淑妃が明らかに戸惑っている。

「つい今し方、行けなくなってしまったのですよね？　桃恋様」

すると、声と共に一人の侍女の格好をした女性が二人の前に進み出た。そして、パーンと手を大きく叩《たた》いた。

「はい、全員動かないでください」

その侍女は、邵武が必死に捜していたはずの琳麗本人だった。

※　※　※

時は琳麗が誘拐されたところまで遡る。

男二人に担がれて、どこぞへ運ばれていた琳麗は、しばらくすると下ろされた。湖か井戸に投げ込まれたらどうしようかと思っていたけれど、下は床で、しかも怪我をしないようにそっと下ろしてくれたようだ。

随分と優しい誘拐犯らしい。

「諦めて、大人しくしていろよ」

男の一人が声をかけると、ご丁寧に頭から被《かぶ》せていた麻布まで取ってくれる。

琳麗を一人残して、男達は出て行った。

顔がちらりと見えたけれど、見覚えはなさそうだ。そもそも後宮に残っている数の少なくなった妃嬪《ひひん》ならまだしも、宦官の顔はあまり知らない。

「ここは……どこかの宮の房間かしら？」

後宮の外にまで運ばれて、始末されてしまうのも覚悟していたけれど、連れて行かれたのは存外近場だった。

おそらくここは後宮内のどこかの房間で、薄暗くて良くは見えないけれど、生活感がないので空き部屋なのだろう。

(せっかく着飾った格好が無駄になったわ！)

まずは朱花選の儀のために用意したものが無駄になりそうなのを悔やんだ。

「それにしても、なんて素人の誘拐なの？」

両手は縛られていたけれど、後ろ手ではないし、締め具合もゆるゆるだった。これなら、両手がくっついているだけで自由なのとほとんど変わらない。

「宦官と妃嬪の仕業だとこんなものなのかしら」

この状況でも冷静でいられるのは、琳麗が誘拐されるのに慣れていたからだ。

商家の娘、しかも化粧品で以前より遥《はる》かに儲《もう》けるようになると、外に出れば野盗に輿《こし》を襲われるのが日常だった。

だから、琳麗は誘拐されても焦ったり、怖がったりはしない。

冷静に相手と状況を観察して、怒らせないようにしつつ、助けが来るのを待つか、逃げ出すかの選択をするだけだ。

今回は後者だろう。これだけずさんだと逃げるのは容易《たやす》い。

「まずは縄を……あった」

琳麗は縛られた手を器用に動かして、襦裙《じゅくん》の中から袋を取り出す。

そこには小さいが鋭利な石が入っていた。

攫《さら》われた時に、小刀を持っていると十中八九取り上げられてしまう。しかし、石ならば見逃してもらえる。

それを知ってから、琳麗は使えそうな石を見つけると拾う癖がついた。小さく厚めの布袋に入れて、いつも持ち歩いている。

石を手にすると、足、腕の順番に縛っている縄を切り始める。

「次はと……」

それほど時間がかからずに両手両足が自由になると、室内を物色し始めた。

「これならいけるかしら？」

房間に残されていた数少ない物の中から、衣を干す時に使う物干し竿《ざお》を手にする。

硬くて、ちょうど良い長さだ。

「さて、一人か二人か」

準備ができると琳麗は扉に張り付いて、外の様子を窺《うかが》った。

後宮の房間の扉に鍵や閂《かんぬき》などはないので、そっと開けて隙間からのぞき見る。

宦官《かんがん》が一人で見張っていた。

（私って運がいい！）

攫われた時に見たのは、声をかけてきた指示役が一人と、扉の外で待ち構えていた二人だった。

指示役は任せて戻った可能性が高いけれど、もう一人の姿が見えない。

素人なので、手足を縛っただけで安心しきって、交代で休憩でも取っているのだろう。

琳麗にとっては好機だ。

そのまま自然に扉を開けて、何食わぬ顔で房間を出て行こうとする。

「お、おい！　何をしている！　何で縄が解けている!?」

（気づかなければ、見逃してあげたのに）

慌てる男と対照的に、琳麗は落ち着き払って手にした棒を相手に向かって構えた。

「大人しく房間に戻れ！」

怒鳴ってはいるけれど、男は丸腰だった。

しかも随分と線が細かった。屈強な野盗を相手にしても怯《ひる》まない琳麗からしたらまったく恐《こわ》くない。

「はぁ……今から房間に行くのは貴方《あなた》の方ですわ」

琳麗が挨拶とばかりに軽く棒を突き出す。

「な、なにをする!?」

慌てて避けるも、動きに無駄が多すぎる。武術の心得はまったくないらしい。

一方、琳麗は護身術を習得していた。特に武器を調達しやすいという理由から棒術は、熱心に学んだ過去がある。

「それはこっちの台詞《せりふ》！」

突きから横払いに移る。

腹を叩かれながらも、宦官は棒を摑《つか》んだ。

「ははは、捕まえたぞ。力ではさすがに敵《かな》わないだろう？」

「そうかしら？」

宦官は無謀にも武器を奪おうと、摑んだ棒を引っ張る。

琳麗は抵抗するように引っ張ると見せかけて、一気に前へ突き出す。

「うわっ！」

自分の力まで利用された宦官は後ろの床に倒れ込んだ。

「やっ！　はあっ！」

気合の声とともに、棒を再度相手の胸元に向かって突く。さらに流れるような動作で一回転しながら勢いと体重を掛けて、相手の首を目掛けて思い切り振り下ろす。

何千回と素振りをした得意の二連撃で、反射的に出たものだった。

「ぐっ……はっ……」

強い衝撃を受けて、宦官が意識を失う。

「だらしない。相手にもならないわ」

素顔の時はそこそこの腕前だけれど、化粧をすると動きに迷いがなくなるので、琳麗はさらに強くなる。師範代にならないかと勧められたぐらいだ。

「さて、もう一人が戻ってくる前に」

琳麗は倒れている宦官の手足を先ほどまで自分が縛られていた縄で結ぶと、口も適当な布で塞ぐ。

緩くではなく、絶対に外れないように固くだ。

そして、引きずりながら房間《へや》の隅まで移動させた。細くて軽かったので、琳麗一人でも特に苦労せずに終えられた。

「あとは戻ってきた方を……だけど……」

そこで琳麗は思案した。

もう一人の見張りを不意打ちで倒すのは容易いだろう。けれど、それでは黒幕が誰かがわからない。

琳麗が監禁され、朱花選の儀に行けないことで得をするのは、十中八九、同じ地位となる四夫人だろう。

誘拐を企てた宦官は間違いなく淑妃か貴妃に繋《つな》がっているはずだ。

「泳がせてみようかしら？　そのためには……」

朱花選の儀のために整えたこの格好は目立ち過ぎる。まだ攫った連中の仲間がいて、外で見つかったらまた監禁に戻ってしまう。

いくら琳麗でも四、五人を同時に相手にすることはできない。

（まあこの手際なら、何度でも脱出できるけれど）

「いつもの手で行こうかしら」

琳麗は手早く化粧を落とし始めた。

まずはいつも襦裙に忍ばせてある薄く四角い銅の小箱を胸元から取り出す。

中に入れてある即席化粧落としの油漬けした手拭で顔を拭くと、あっという間にぼんやり顔になった。

続けて、衣を一枚脱いでから房間を出た琳麗は辺りをきょろきょろと見回す。

「差し迫った状況だから無断で借りるのをお許しください。あとできちんとお礼はするつもりだから」

洗って干してあったのであろう侍女の服を見つけると、一応断ってから手にする。

すっぴんで、その衣を身に着ければ、どこから見ても侍女にしか見えないのには自信があった。

そもそも琳麗のぼんやり顔を充儀本人だと知っている者は少ない。

「それにしても随分のんびりとした見張り」

未《いま》だにもう一人の見張りが戻ってくる様子はない。

琳麗は呆《あき》れながらも房間に戻ると、家具の隙間に身を隠した。

（来た、来た）

しばらくじっとしていると、扉が開く音がする。

「いない！　充儀はどこへ行った!?」

焦った様子の宦官の声が聞こえてきた。

「と、とりあえず早く知らせないと」

房間をろくに確認もせず、宦官が飛び出していく。

（さあ、黒幕まで案内をおねがいします）

侍女の姿をした琳麗は駆けていく宦官の後を追った。

焦っているせいもあり、宦官はつけられていることにまったく気づく様子はない。琳麗は特に苦労もせず、相手を尾行していく。

房間を出てすぐ橙色《だいだいいろ》の塔が目に入る。

監禁されていたのは、徳妃《とくひ》が去って寂しくなった橙夕宮だった。ここには朱花宮《しゅかきゅう》に於ける琳麗のような者がいない。宮の主を無くした妃嬪達は一人、また一人と去って行き、今では戻る場所を持たない数人しか残っていない。

（ううん、妃嬪以外にもいた）

橙夕宮の外へ行くと思っていた宦官は、意外にも宮の一番端にある房間へと入っていく。

そこは四夫人と九嬪《きゅうひん》付きである位の高い宦官が住む場所だった。

どうやら琳麗が攫われた時にいた指示役の宦官に、まずはいなくなったことを伝えに来たらしい。

「なんだって！　なぜきちんと見張っていなかった！」

扉の前で中の様子を窺っていると、怒鳴り声が聞こえてくる。

「一瞬、一瞬だけ厠《かわや》に行って戻ってきたら、やつも充儀もいなくなっていまして。どうしましょうか？」

（嘘《うそ》ばっかり）

あれが一瞬だとしたら、すべての出来事が一瞬で済んでしまうだろう。

「ええい、あの方にお伝えしないわけにはいくまい！　わたしが行くから、お前は周辺を捜していろ」

「わかりました」

琳麗は扉から離れると、物陰に身を隠す。すると、すぐに先ほどとは別の上質な衣を身に着けた宦官が房間から出てきた。

琳麗はまたも彼の後をつけていく。

今度は宮を出て、朱花選の儀が行われる花園にたどり着く。

（邵武様？）

朱花選の儀は始まっていないものの、宴《うたげ》の席に邵武が仁王立ちしている。側には瑛雪の姿もあった。琳麗がいなくなったので騒動になっているのだろう。

皆の注目は皇帝と、そして彼になにやら言上《ごんじょう》する淑妃に集まっていて、侍女の格好をした琳麗には誰も気づく様子がない。

例の宦官はその様子を見て、近くまで行くと困ったように足を止めた。

琳麗も好機と距離を詰めると、邵武と淑妃の声が聞こえてくる。

「見たのは橙夕宮の一室です、ご案内します」

「行け！」

邵武にしては珍しく苛《いら》ついた様子の声に思える。

そして、琳麗の監禁場所を知っているということは、黒幕は淑妃で決まりだった。

どうやら誘拐の背景は、自分も追い出されると焦った淑妃と、すでに後宮を出た元徳妃付きの宦官が手を組んで琳麗を陥れようとした、ということのようだ。

「…………」

歩きだそうとした淑妃にさっと例の宦官が近づいて耳打ちする。

琳麗が房間からいなくなったことを聞かされたのだろう。彼女の顔が青ざめる。

「どうした？　早く充儀の元に案内しないか！」

「そ、それが……」

琳麗は、そこで声を上げた。

「つい今し方、行けなくなってしまったのですよね？　桃恋様」

二人の前に進み出ると、不意を打つようにして、思い切り手を叩《たた》く。

「はい、全員動かないでください」

淑妃から離れようとした指示役の宦官《かんがん》が、琳麗の声でぴたりと足を止める。

「陛下、まずはそこの宦官の確保をお願いします」

「玉樹！」

皇帝の命に素早く対応した玉樹とその部下が例の宦官を取り押さえる。

「琳麗、こいつは誰だ？」

「おそらく徳妃様の元お付きの宦官で、私の誘拐犯の指示役で、桃恋様の共犯者です」

そういうことかと邵武は頷《うなず》く。

「し、知りませんわ、こんな宦官！　琳麗さんの勝手な妄想では？」

「諦めてください。彼があなたに耳打ちしたのは紛れもない事実ですし、実行役の一人を捕まえてもいるので、言い逃れできませんよ」

目的があって共謀しただけなので、宦官が淑妃をかばうとは到底思えない。

「そんな……万が一にも、わたしには累が及ばないようにと思っていたのに……」

観念したように淑妃が地面へとへたりこむ。

「自分の誘拐を自分で解決してしまうとは……末恐ろしい女だ、お前は」

淑妃に引導を渡すのを見ていた邵武がぽつりともらす。

「後宮一番の大悪女にしたのは、何処《どこ》のどなたですか……」

「本当に、悪かったと思っている」

何か皮肉で返されると思ったけれど、邵武の声が落ち込んでいる。

「お前が無事でよかった、琳麗」

そう言うと、皆がいる前で琳麗は邵武に抱きしめられてしまった。

「陛下!? 皆が見ていますが……」

「構わん。少しだけこうさせろ」

どうやら彼に心配を掛けてしまったらしい。

申し訳なさもあって、周囲の視線が痛いし、恥ずかしいけれど、琳麗はしばらく彼の腕の中に収まり続けた。

一連の騒動のせいで、琳麗としてはあやふやになるのを期待していたのだけれど、朱花選の儀は夜になってから始まった。

「充儀を新しい賢妃とし、朱花宮を任せる」

賢妃に相応《ふさわ》しい格好に戻り、再度化粧も施した琳麗は邵武の前に跪《ひざまず》いていた。

「謹んでお受けいたします」

賢妃になった証《あかし》として、椿《つばき》模様の印を授かる。

指名が終わると、席にいた妃嬪《ひひん》達に特上の酒と豪華な料理が振る舞われた。皆が今日の主役である琳麗の元を訪れては祝いの言葉を述べていく。

(賢妃にはなってしまったけれど……これで一段落ね)

淑妃の件はすぐにかたが付くだろう。

そうすれば、市井に戻る障害はもう何もない。

「さあ、お祝いよ！」

主役になった琳麗もその日は上機嫌で、宴は夜遅くまで続いた。

エピローグ　後宮一番の悪女は退場できない

賢妃《けんひ》になってから七日後の夜、琳麗《りんれい》は久しぶりに朱花宮《しゅかきゅう》から皇帝の寝所がある清瑠殿《せいりゅうでん》への特別な道を歩いていた。

以前のように不躾《ぶしつけ》な視線は感じない。

誰も後宮一番の悪女を相手にはしたくないし、皇帝の寵愛《ちょうあい》を受けているのが後宮内では周知の事実だからだ。

化粧をして、緋色《ひいろ》の夜着を身に纏《まと》った琳麗は、宦官の案内を断り、一人で邵武《しょうぶ》の待つ寝所に向かった。

「これでやっと……」

今日は節目の日であり、琳麗にはこみ上げてくるものがあった。

つい数日前、先だっての誘拐事件の犯人達の処分が決まったのだ。

実行犯と指示役の宦官はいずれも鞭打《むちう》ちの上、後宮から追放となった。本当ならば問答無用で死罪だったけれど、後味が悪いからと琳麗が減刑を願い出たからだ。

そして、黒幕だった淑妃《しゅくひ》だが、彼女も四夫人の位を剝奪されて、後宮を去った。

これで今いる四夫人は賢妃と貴妃《きひ》二人だけで、琳麗が行動した結果ではないものの、後宮を出る条件を結果的に満たしたことになる。

(それに今頃気づいたけど、もう私の化粧品が後宮御用達《ごようたし》って言ってもいいのでは!?)

琳麗が後宮に来た当初の目的は、化粧品を売り込むことだった。それは琳麗自身が賢妃になったことで達成されたと言って良いだろう。

(これであとは後宮を出るまで、化粧品の研究に邁進《まいしん》できる!)

浮かれ気分で清瑠殿の回廊を歩いていく。

「陛下の命により参りました、琳麗です」

「堅苦しい挨拶はいい。俺とお前の仲だ、さっさと入ってこい」

寝所の扉で琳麗が声を掛けると、やけに上機嫌な邵武の返事が聞こえる。

彼も後宮の縮小について目標を達せられて喜んでいるのだろうか。

「失礼します」

わずかに開いていた扉から中へ入ると、今日の邵武は寝台の上からじっとこちらを見て待っていた。

前とは違う様子に、少し警戒感を抱く。

「今日は後宮についてのご報告に――」

「そんな距離では話ができない。いつものように近くへ来い」と手招きされる。

床に座って話をしようとするも、遮るようにしてこちらへと手招きされる。

仕方なく、前と同じように寝台の端にちょこんと腰掛けた。

「昨日、桃恋《とうれん》様と取り巻きの妃《きさき》、それらの侍女、計二十五名が後宮を去りました。数日は翠葉宮《りょくようきゅう》の妃から出ていく者が出ると思われます」

慕われている度合いが違うとはいえ、徳妃《とくひ》の時も同じように、まずは近い者達が後宮を去り、ぽつぽつとそれに続く者が出た。

「よくやった」

「今回のことは、何もしていないようなものですが」

邵武が褒めてくれているのに、つい謙遜してしまう。

「何を言う。淑妃が黒幕だと突き止めたのはお前の手柄ではないか」

「降りかかった火の粉を払ったまでのことです」

正直なところ、琳麗としては複雑な気持ちもあった。

取り調べをした宦官から、彼女の事情を聞いてしまったからだ。

どうやら貧しい農村出身の彼女は市井に戻されることを極端に怖《おそ》れていたために、後宮にあれほど執着していたらしい。

出たい琳麗とは反対に、後宮にしか居場所がない人もここには多くいる。

彼女ら、彼らに、同情せずにはいられない。

「桃恋のことを気にしているのか?」

優しい声で邵武が尋ねてくる。

皇帝である邵武が、桃恋の事情を聞いていないわけがない。

「……いいえ」

「仕方のないことだ。すべての事情を聞き、希望に叶《かな》うようにするのは難しい。物事が進まなくなる」

否定したのに、勝手に邵武が話を進める。

「しかし……徳妃様の時のように彼女も幸せになれた道があったのではないかと思うと、少しやりきれなくなります」

琳麗だって好きなことと、化粧と出会わなければ、桃恋と同じようになっていたかもしれない。

自分に自信が持てず、何かに八つ当たりしていたかもしれない。

こんな話をしようとしていたわけではないのに、つい考えてしまう。

「安心しろ。桃恋は後宮から去ることで罪は償った。だから、彼女を気に入りそうな者と引き合わせるよう手配しておいた。派手好きで、金持ちで、気前がよくて、身内を大事にする、そういうやつだ」

いつの間にか俯《うつむ》いていた顔を上げる。

願わくは、その男性と桃恋が上手《うま》くいって欲しい。

「やっとこっちを見てくれたな」

気づけば、初日の時のように邵武に近づかれていた。

手を伸ばせば捕まり、隙をつかれれば押し倒されてしまう距離にいて、一生に二度目の不覚だ。

「お前が気に病むかもしれないと思ってな。当然、先に出ていった前賢妃の菫華《きんか》にも嫁ぎ先をそれとなく斡旋《あっせん》してある」

どうして、今日の邵武はこうも優しいのだろう。

彼の好きなぼんやり顔ではなく、はっきりした化粧顔をしているのにだ。

「それに最初にお前が言った妃嬪達に仕事を与え、教育する件も推し進めるつもりだ。これ以上、後宮の人員を削るのは難しいからな」

「ありがとうございます！」

まさか女性である琳麗の案を皇帝が採用してくれるとは夢にも思っていなかった。

「これで不幸になる者はかなり減るだろう。だから、琳麗にはこれからも後宮の主として宜《よろ》しく頼むぞ」

「は……い？」

頷《うなず》こうとして、危うく途中で気づいて止める。

「これからも？　後宮の主として？」

「んっ？　何か問題があるか？」

邵武がとぼけて視線を逸《そ》らす。おそらく思わず口をついて出た言葉なのだろう。

「おおありですわ！　約束はどうなったのです？　後宮を出る願いを、必ず承認してくれると言ったではありませんか！」

「賢妃に、しかも二人しかいない後宮の最も位の高い妃になったのだから、おいそれと出すわけにはいかないだろう。そのあと後宮はどうする？」

琳麗の責任感を盾に取った汚いやり口だった。

「拒否権は？　皇帝は約束を違えないのでは？」

何としても撤回させようと琳麗は邵武に詰め寄った。

「わかった。わかった。そんなに後宮が嫌なのなら、出て行ってくれていい」

「そういうわけでは……ないですが」

実際のところ、後宮を離れることになったら寂しいだろう。

新しい後宮の制度を作り、回していくという仕事も面白そうではある。

結局のところ、自分は後宮から出たいのか、残りたいのかと問われると……よくわからなかった。

「このままずっと後宮にいろ。俺の側にいろ」

(今、もしかして、私、口説かれていませんか？)

先ほどは詰めよったはずなのに、立場が逆転していた。

彼の顔がだんだんと近づいてきたけれど、逃げることができずに鼓動だけが早くなる。

邵武をこれほど意識したことはなかった。

彼のことは……嫌いではない。むしろ客観的には相性がいいようにも思える。

「ま、待ってください。そもそもぼんやり顔がお好きだったのでは？」

後宮のことも、彼の言葉への返答も、いますぐに結論を出すなんて無理だ。咄嗟《とっさ》に時間を稼ごうと思いついたぼんやり嗜好を口にする。

功を奏したのか、琳麗の問いに邵武の動きがぴたりと止まり、なにやら考え込む。

「実は、お前なら化粧した顔も嫌ではなくなった。むしろ、琳麗だと思うと好ましい」

「そんなの聞いてません！」

「言ってないからな」

邵武がにやりとする。

これでは化粧をしていても、邵武から身を守れないということになってしまう。気づくなり、先ほどよりもそわそわと落ち着かなくなった。

こんなのいつもの化粧した自分ではない。

「やっぱり私、後宮を出ます！」

「別にかまわない」

先ほどは引き留めたくせに、急にあっさりと認める。

邵武にとっては自分などやはりその程度のものなのだろうか。

今度は何となく不満で、頬を膨らませる。

「妃嬪《ひひん》は寝所に呼ばれてから一年は出られない。つまりお前の一年は今から数え直しだ」

「そ、そんな……」

後宮でのことがすべて片付いたことに浮かれていて、琳麗はその根本的な規則をすっかり忘れていた。

「だから時はたっぷりある。後宮に一生いると絶対に言わせてやるから心配するな」

「言いませーん……っ」

今度はいきなり邵武にさっと唇を奪われる。

またも一生の不覚だ。

「言いませんからね！」

頬紅を差したようにさっと顔が赤くなりながらも強がる。

後宮一番の悪女は、まだまだ退場を許されないようだった。

あとがき

こんにちは、柚原《ゆずはら》ティルです。

このたびは、多くの本の中から『後宮一番の悪女』を、手にしてくださり、ありがとうございます。

初めての読者様も、いつも読んでくださっている読者様も、この本と出会ってくださったことに感謝致します。

今作は好きな中華後宮の世界で、さらに大好きな悪女作品となっています！　お化粧でオンオフが変わる琳麗《りんれい》と皇帝の物語を、楽しんでいただけますと幸いです。

化粧品の愛好家である琳麗は、材料にも興味津々なのですが、その部分では私の萌《も》えもたくさん入れさせていただきました。

鉱石も化石も、とても好きで、特にキラキラした石英《せきえい》には目がないです。

子供の時に、産地の方が開催してくださった鉱石ツアーへ何度か応募して、参加していた記憶があるのですが、それがもう、永遠に細部まで覚えているぐらい楽しかったこと！

確か小学生限定で、遠足みたいに日帰りでバスで目的地に行き、その途中で石の博物館に寄ったり、河川敷《かせんじき》で色々な鉱物のレクチャーを受けたりして、最後は採取場でした。自由行動となった瞬間に、タガネと袋を手に地面を見ながら走りました。

産地にもよりますが、小さな水晶が落ちているのです。辺りの普通に見える石も、よく見ると表面に石英の結晶がうっすらとついていたりして、その輝きに感動しました。

大人になった今では、何年かに一度、新潟県のヒスイ海岸を散歩する旅行しかできませんが、それでも癒《いや》されています。時間を忘れて翌日に足が筋肉痛で大変です。

石の話で脱線してしまいました！

そんな中華と悪女と鉱石とお化粧とラブコメがつまった作品を、吸引力たっぷりの装画で、美しくまとめ上げてくださったのは三廼《みつや》先生です。

琳麗のまとう雰囲気、目力、衣装、何もかもが目の保養でうっとりです。

素敵なイラストをありがとうございました。

また、デザイナー様、校閲様、担当編集者様、この本にかかわってくださった、すべての皆様にお礼申し上げます。

柚原テイル

お便りはこちらまで

〒一〇二―八一七七
富士見L文庫編集部　気付
柚原テイル（様）宛
三廼（様）宛

富士見L文庫

後《こう》宮《きゅう》一《いち》番《ばん》の悪《あく》女《じょ》

柚《ゆず》原《はら》テイル

2022年９月15日　初版発行
2023年９月20日　４版発行

発行者　山下直久
発　行　株式会社 KADOKAWA
〒102-8177　東京都千代田区富士見２-13-３
電話　0570-002-301（ナビダイヤル）

印刷所　株式会社 KADOKAWA
製本所　株式会社 KADOKAWA
装丁者　西村弘美

定価はカバーに表示してあります。　◆◇◇

●お問い合わせ
https://www.kadokawa.co.jp/（「お問い合わせ」へお進みください）
※内容によっては、お答えできない場合があります。
※サポートは日本国内のみとさせていただきます。
※Japanese text only

ISBN 978-4-04-074682-1 C0193

せつなの嫁入り

著／黒崎 蒼　イラスト／AkiZero

座敷牢で育つ少女は、決して幸せに
結ばれることのない「秘密」があった——

華族の父親に嫌われ、座敷牢で育った少女・せつな。京の都に住むあやかし警
隊・藤十郎のもとへ嫁ぎ、徐々に二人は好き合うようになる。だがせつなには
して結ばれることのない、生まれもった運命があった。

【シリーズ既刊】1～2巻

富士見L文庫

死の森の魔女は愛を知らない

著／浅名ゆうな　イラスト／あき

悪名高き「死の森の魔女」。
彼女は誰も愛さない。

欲深で冷酷と噂の「死の森の魔女」。正体は祖母の後を継いだ年若き魔女のリコリスだ。ある日森で暮らす彼女のもとに、毒薬を求めて王兄がやってくる。断った彼女だけれど王兄はリコリスを気に入って……？

【シリーズ既刊】1〜3巻

富士見L文庫

妖狐の執事はかしずかない

著／古河 樹　イラスト／サマミヤアカザ

新米当主と妖狐の執事。主従逆転コンビが、
あやかし事件の調停に駆け回る！

やかしが見える高校生・高町遥の前に現れたのは、燕尾服を纏い、耳と尻
を生やした妖狐・雅火。曰く、遥はあやかしたちを治める街の顔役を継いで
るらしい。ところが上流階級を知らない遥に、雅火の躾が始まって……!?

【シリーズ既刊】1～4巻

富士見L文庫